糸

林　民夫

幻冬舎文庫

糸

目次

プロローグ　平成十三年

高橋漣(たかはしれん)が、園田葵(そのだあおい)に初めて会ったのは、美瑛(びえい)の花火大会だった。

その年の冬の夜、漣は、葵の手を握っていた。

絶対に離したくなかった。いっそう強く握り締めた。

ロッジは、玄関はもとより、すべての窓にも、内側から鍵がかけられていた。

濃密な闇が辺りを包んでいた。降りしきる雪も闇の中に吸い込まれていった。

葵の手は冷たかった。

雪のせいだけではない。今にも消えてしまいそうだった。最初に会った時からそうだったのかもしれない。なぜ、気づくことができなかったのだろう。葵を背後に回らせた。雪で濡れた石を摑み、ガラスに叩きつけた。一部が炸裂するようにひび割れた。

破片が落ちると、慎重に指を差し込み、内側の鍵をあけた。

全開した窓は小さかった。

「玄関に回って」

漣は笑顔を作った。不安を悟られたくなかった。

「大丈夫。ここは何度も来てるから」

微塵も理由になっていなかった。

身をよじらせて、転がるように、ロッジに侵入した。

これで今日一日は生き延びることができる。

長い間閉め切られていた室内は空気が淀んでいた。だが木のぬくもりも感じられる。振り返ると葵はいなかった。ただ雪がしんしんと降り続いているだけだった。冷たい手の感触だけが残っていた。暗闇の中、玄関に走った。コートに付着していた雪が床に落ちた。鍵をあけ、ドアをひらくと、果たして、葵はそこに立っていた。走って玄関まで回って来たらしく、肩で息をしていた。表情は読み取れなかった。

左目の眼帯が表情を隠していたのだ。

漣は葵の手を再び強く握った。

大丈夫。漣は心の中でつぶやいた。葵はたしかに存在している。

電気は点かなかった。

冬季は管理人が常駐していないのだ。

ストーブの前に、ナラの薪とマッチが置かれていて助かった。嬉しいことに着火剤まであった。誰かが使わずにそのままになっていたものだろう。宿泊客に自分で薪ストーブを使ってもらう、というのがこのロッジのサービスだ。と、以前、漣は聞いたことがあった。幼少の頃、漣は、毎年夏になると、家族と一緒にこのキャンプ場のロッジに訪れていた。

今、考えられる宿泊場所はここしかなかった。

もう後戻りはできないのだから。

火はすぐに付いた。北海道で生まれ育った漣は、薪ストーブなら何度も付けたことがあった。その火が辺りを灯した。部屋がほんのり暖かくなっても、葵はじっと火を見つめているだけだった。この小さな体で、葵は懸命に毎日をやり過ごしてきたのだ。最初に会った時からそうだったのだ。葵はそこにいるのに、いなかった。自分の存在を消そうとしていたのだろう。葵はそうやって生きてきたのだ。まだ十二歳の壊れそうな小さな体で。

俺が葵ちゃんを守る。

言葉は口に出せなかった。

そもそもこれからどうしていいのかもわからない。

漣もまだ十二歳だった。中学一年生だった。

普段だったら、テレビやゲームをしながら、だらだらと過ごしている時間だった。昨日までのそんな無為な時が、漣は懐かしくさえ感じられた。今、手元にあるのは、ビニール袋の中に入っているカップラーメンとスナック菓子だけだった。葵が札幌の百円ショップで購入したものだ。葵の今日の晩ご飯だったのかもしれない。

薪のはぜる音以外は、異様なほど静かだった。

世界に二人だけが取り残されているような気がした。

照明器具のついた防災用のラジオがあった。世界に繋がりたかった。

ニューヨークの貿易センタービルに航空機が突入しました。

スイッチを入れると、ラジオから声が聞こえた。

二カ月前に起こった同時多発テロの話題だった。これから世界はどうなってしまうのでしょう。ラジオのパーソナリティが嘆いていた。なんて時代だ。テロのニュースを見て、父親がぽつんとつぶやいていた時のことを漣は思い出した。これから世界がどうなろうと、たとえ酷い時代なのだろうと、今、漣が考えなければいけないのは二人のこれからのことだけだった。遠い世界のことなどどうでもいい。葵をこれ以上不安にさせてはいけない。

ストーブの前に座っている葵の横に腰を下ろした。初めて会ったあの夜と同じにおいがした。初めてなのに、なぜか懐かしくなるような、心地よい微かなにおいだった。

俺が葵ちゃんを守る。今こそ、言いたかった。

「青森にリンゴ農園をしているおじさんがいるんだ」

俺はなにを言い出しているんだ？　漣は自分に困惑した。言葉は止まらなかった。

「あのおじさんならなんとかしてくれる」

あのおじさんなんかいない。今、頭の中で作った架空の人物だ。

「函館まで行って、フェリーで青森まで行く」

函館も青森も一度も行ったことがない。

「二人でリンゴ農園で働こう」

まるで昭和の物語だ。俺はなんでこんなことしか言えないんだ？　漣は髪をかきむしった。

俺が絶対に葵ちゃんを守る。なぜ言えない。漣は意を決した。でも口から出たのは、「寒いよね」という言葉だけだった。

葵は静かに微笑(ほほえ)んだ。あきれているのかもしれない。

「大切な人の結婚式のために作られた曲です」ラジオからイントロが流れた。

音の方向に目をやると、葵と目が合った。

眼帯をしていない右目が漣を真っすぐに見つめていた。

肩がわずかに触れあった。

ストーブの薪がはぜた。窓の外は雪が降っていた。

唇がかわいていた。葵の唇ではない。自分の唇だった。漣は吸い込まれるように、自分のかわいた唇を、葵の唇に触れさせていた。思わず抱きしめた。葵が消えてしまわないように。少しでも暖かくなるように。漣は願った。流れる唄の歌詞がこう言っていた。

なぜめぐり逢うのかを私たちはなにも知らない。


昨夜積もった雪が木から落ちた音がした。

漣はそっとドアをあけた。

眩しかった。今日は快晴だった。

葵は疲れていたのだろう。当然だ。あのあとすぐに眠ってしまった。漣は葵に毛布をかけた。葵の小さな寝息を聞いているうちに、漣もいつのまにか瞼(まぶた)を閉じていた。

周囲を見る。ひっそりとしていた。大丈夫。誰もいない。漣は、葵の手を握った。

気合を入れるように踏み出した。葵は動かなかった。

振り向くと、葵は笑顔だった。精一杯の笑顔を作っていた。

「ありがとう。もういいよ、漣くん」

もういいわけがない。

「帰ろう」

どこに？　あの場所に？

そんなことはさせるわけにはいかない。漣は葵の手をさらに強く握った。

離さない。絶対にこの手を離さない。漣は心の中で誓った。

「運命の糸だよ」と言ったのは、友人の竹原直樹だった。美瑛の花火大会の時、竹原は、葵と一緒にいた後藤弓に一目惚れしたのだ。なにが運命の糸だ。中学生だろう。漣は鼻で笑った。しかもその時、まだ竹原は弓に一度しか会っていなかった。

でも今、漣は葵の手を握りながら、心からそう思う。

この糸は絶対にいつまでも繋がっている。

誰も引き離せない。

雪を踏む足音が先に聞こえた。

ロッジの陰から出てきたのは二人の男だった。一人は制服を着た警察官だった。もう一人はスーツを着ていた。知らない男だった。二人ともおだやかな顔をしていた。緊張感というものがまるで感じられない。さあ、遊びはここでおしまいだよ。子供は家に帰りなさい。心の声が聞こえてくるような気がした。あるいは逃避行した中学生二人を興奮させない所作なのかもしれない。捕まえようと走ってきたら、またたくまに逃げ出していただろう。なにごともなかったように近づいてくるので、逆に漣の足は止まってしまった。

「葵！」

女性の声が聞こえた。警察官とスーツを着た男をかきわけ、髪を振り乱してやってくる。漣はその人に会ったことは一度もなかった。でも葵の表情ですぐに、葵の母親であろうことがわかった。ずいぶん若く見えた。近くに来ると、嗅いだことのない香水のにおいがした。葵の母親は、漣の存在など目に入っていないかのように、葵の腕にしがみついた。

なぜここがわかったのだろう。ここは漣しか知らない場所だ。自分の両親が来るならわかる。なぜ葵の母親はここがわかったんだ？

「それ、転んだことにしなさいよ」

眼帯を見て、母親が葵の耳元でささやいたのが、漣にも微かに聞こえた。瞬間、葵は母親の体を振り払った。雪道を、転びそうになりながら、一人で駆け出した。いや、一人ではない。漣もすでに走っていた。もうあんな場所には戻らない。冷たすぎる手から、葵の心の叫びが伝わってくるようだった。眼帯の隙間から痣が見えた。握った手にありったけの力を込めた。走った。闇雲に走った。背後から強い力で肩を摑まれた。先程までおだやかな顔をした警察官とスーツを着た男だった。たちまち追い付かれていた。

二人の手が、離れた。

漣は藻掻(もが)いた。だが二人に背後から摑まれている。大人の力には到底かなわない。

葵の母親も葵を背後から押さえた。

「漣くん!」葵が叫んだ。白い息が見えた。

「葵ちゃん!」

「漣くん! 漣くん!」

葵の母親は、葵を引きずるように、漣との距離を離していく。遠くに車が停めてあった。葵の母親のものだろう。まるで葵を連行するように引っ張っている。

二人の男は、「まあ、落ち着け」「話、聞くから」と口調はやわらかいが、押さえる手は間違ってもゆるめない。

「葵ちゃん! 葵ちゃん!」

叫んだ。こんな大きな声は今まで出したことがなかった。二人の男を振り払おうとして暴れた。雪の上に押さえつけられた。容赦ない激しい力だった。今までは本気ではなかったのだろう。胸が地面の雪に圧迫されて、もはや葵の名を再び呼ぶこともできなかった。

葵が、漣の視界から消えた。

その視界が滲んでいて、漣は、自分が泣いていることに気づいた。

胸に染み込む雪が冷たかった。

そうして漣と葵の糸は切り離された。
それが平成十三年の冬の出来事だった。

第一章　縦の糸

高橋漣　平成二十一年　旭川

高橋漣が生まれたのは平成元年だった。

一月八日、早朝に産声をあげた。

「平成初の赤ちゃんですよ」

助産師の女性に言われて、漣の父親は、思わず立ち上がった。抱いていた漣を落としそうになった。と、漣はのちに、聞かされたことがある。父親は話を盛る癖がある。生まれたばかりの赤ん坊を落とすわけがない。

自分たちはとんでもない奇跡を起こしたのかもしれない。父親は動転したそうだ。新しい時代に真っ先に生まれてきた我が子。日本中が騒ぎ出す、特別な存在。テレビのインタビューを受ける自分にまで想像が膨らんでしまったらしい。「この病院ではね」と、助産師が付け加えるまでは……。

漣が生まれたのは午前八時過ぎ。なんのことはない。平成生まれの赤ちゃんは、すでに日本全国で続々誕生しており、漣は、どこにでもいる、赤ん坊の一人に過ぎなかった。

「へえ、平成元年生まれなのか。もう出て来たか。平成生まれが」

新しい就職先のチーズ工房のオーナーが、面接の時、なぜそこに興味を示すのか皆目わからなかった。平成元年生まれで別段得をしたことはない。しいて言えば、今、平成何年なのか、瞬時にわかることぐらいだった。自分の今の歳に、一歳を足せばいいのだ。今、漣は二十歳。ということは、現在は平成二十一年だ。

リーマン・ブラザーズが経営破綻し、日比谷公園に年越し派遣村が開設された前年が終わり、平成二十一年は明けたばかりだった。オバマ大統領が就任演説をしていた。

漣にはすべてが遠い世界の出来事のように思えた。

バスが旭川空港に着いた。

北海道を出るのは、今日が初めてだった。

　北海道を出るどころか、飛行機に乗るのも初めてだ。

漣は、搭乗手続きのカウンターに向かった。

幼い頃は、動くものが大好きだった。父親が上富良野で自動車修理工場を営んでいる影響だったのかもしれない。父親の軽トラックの運転席で、運転する自分を想像した。それだけならまだしも、店の修理した車にまで乗りたがるので、いつか漣は勝手にエンジンをかけて走りだしてしまうのではないかと危惧した父親は、自転車を買い与えた。子供には相応の動くものだった。

漣の住む町は、冬は雪が降り積もる土地なので、自転車を持っている子供は多くなかった。乗り方はすぐにわかった。漣はどこまでも走った。果てしなく続く一本道の向こうへ行きたかった。雲の向こうに行きたかった。その向こうになにがあるのかを知りたかった。

ぐんぐん走り続けた。心地よい風を浴びながら、いつしか未来への想いがどんどん沸き上がっていった。北海道を出たい。世界中を飛び回って生きたい。

そして、自転車は空を飛んだ。

十二歳の夏だった。

漣と、友人の竹原直樹は、北海道の田舎道を、自転車で競争するように、上富良野から美瑛の丘に向かっていた。サッカーの練習が長引き、花火を見逃しそうだったのだ。一時間以上走り続けた。もう夜になっていた。美瑛に近づくと、花火の音が聞こえた。丘に隠れて一部しか見えなかった。

漣はさらにスピードをあげた。目的地の美瑛の丘は、観光施設はなにもないが、空がやけに広く見える場所で、最近では観光客のツアーコースにも組み込まれるようになっていた。

ようやく辿り着いた時、以上で花火大会は終了でございます、というアナウンスの声が聞こえた。気を取られて、目の前にいた親子連れに気づくのが遅れた。急ハンドルを切った瞬間、自転車が空を飛んだ。正確に言えば、自転車だけが空を飛んだ。

あとで竹原は、全然飛んでねえよ、せいぜい一メートルぐらいだよ、おまえが自転車から落ちただけだよと言ったが、漣はたしかに自転車が遠い夜空の向こうにどこまでも飛んでいくのが見えた。

周囲が草原でよかった。漣は土手のようになっている草原を転がった。自転車が空から落下した音が聞こえたのはそのあとだった。

生きていた。肘から血が出ているだけだった。女の子と視線が合った。背後に浴衣を着た女の子がいた。メイン会場から少し離れた場所にいたのは、その同世代の女の子二人だけだった。女の子が近づいてきた。漣は、恥ずかしくて、視線をそらし、肘の傷を触った。女の子が漣の前に立った。心地よい微かなにおいがした。

「大丈夫？」

尋ねたのは漣のほうだった。自転車で空を飛んで来たばかりの人間が言う台詞ではなかった。漣は苦笑した。大丈夫かと聞いてしまったのは、女の子が腕に包帯を巻いていたからだった。

女の子は、少し微笑んで、絆創膏を差し出した。

それが、園田葵との初めての出会いだった。

幼い頃から自転車で走り続け、その道の向こうで、漣は葵とめぐり逢ったのだ。


そんなことはもう遠い過去の出来事だった。

中学生の時の恋をいつまでも引きずっていたわけではない。忘れていたはずだった。

竹原のせいだ。あいつがあんなことを言うから、もうどうすることもできない八年前のことを思い出してしまうのだ。あいつがあんな電話をしてこなければ……。おまえのせいだよ、竹原。漣は、竹原に、心の中で毒づきながら、搭乗手続きを終えた。

現在の自分が駄目なのは、現在の自分のせいであり、過去とは関係ない。世の中が自分の思い通りにならないことは、十二歳の頃から知っている。

漣は二十歳になった今も、自分が主役になるような特別な瞬間にめぐり逢ったことはない。時代の渦の中心にいたことは一度もない。

出発にはまだ一時間ある。漣は、搭乗ゲート近くの椅子に腰を下ろした。

羽田空港から結婚式場までのルートは数日前から頭に叩き込んである。

『弓と結婚する』というメールが来たのは半年ほど前だった。竹原は、八年間、付き合ったり別れたりを繰り返しながら、それを本当に運命の糸にしてしまったのだ。

美瑛の花火大会の日、葵と一緒にいたもう一人の浴衣を着た女の子が後藤弓だった。

当時、漣は携帯電話を持っていなかった。竹原は、漣の壊れた自転車を回収するため、農園を営む父親に、軽トラックで迎えに来てもらうように電話したあと、弓の携帯電話の番号もしっかりと聞き出していた。漣は、葵に絆創膏を貼ってもらっていて、その時はまったく気づかなかった。葵の髪が夜の風に揺れていた。

翌日、竹原は、弓と一度しか会っていないのに「運命の糸」だとバカみたいに吹聴していた。だからおまえも携帯電話を買えと言ったんだと、弓からのメールを見せびらかしたあと、竹原は、「もう一人は園田葵」と、漣の反応を楽しむように、顔を近づけた。

「絆創膏の子だよ」

「……へえ」

特に興味もないといった返事をしたのを覚えている。

すぐに走りだした。自転車は壊れたので、母親のママチャリだった。葵は隣町の中学校に通っていた。偶然を装って再会した。うまくいったと思う。その辺りのことは、もはや断片的な記憶しかない。葵がもう腕に包帯を巻いていなかったことだけは覚えている。

美瑛の丘で、流れる雲を一緒に見た。空が広かった。何度か会うようになった。

「将来は、やっぱり国立競技場で試合がしたい。そんで日本代表になって、世界で活躍したい。世界中を飛び回って生きる」

無邪気にも本当に夢を描いていた。たしかあれは、葵が弁当を持って、漣のサッカーの試合を旭川まで電車で見に来てくれた帰り道だった。漣は美瑛の駅で降りて、家の近くまで葵を送った。夏のやわらかい風が吹いていた。

葵がぼそっとつぶやいたことを覚えている。

「私は普通の生活がしたい。世界になんか行けなくていいから」

たぶん、それは、その頃の、葵のたったひとつの切実な夢だったのだ。


定刻通り、羽田空港行きの飛行機は飛び立った。

離陸する時、こんなにスピードをあげるとは知らなかった。こんなに機体が斜めになることも知らなかった。内心興奮していたが、他の乗客に悟られないように、なんでもない振りをした。

サッカーは高校でやめた。自分よりうまい人間はごろごろいた。北海道の田舎町でさえそうなのだ。世界になど行けるはずがない。スポーツは優劣が如実にわかる。才能のある者は最初から才能があるのだ。サッカーをやっていて、漣が学んだことは、どんなに頑張ってもうまくいかないことがある、ということだけだった。そんなことはもうとっくに知っていた。あの十二歳の冬。ロッジで引き離されて以来……。

高校を卒業しても、やりたいことは特になかった。父親の整備工場を時折手伝ったり、ガソリンスタンドでバイトをしたりした。展望も情熱もなかった。未来のことを考えると頭がおかしくなりそうだった。とにかく就職しようと、目についたチーズ工房に飛び込んだ。一年前だ。竹原からの電話さえなければ忘れていたのだ。園田葵のことは。

サッカーの試合の日、葵は弁当を作って持ってきてくれた。

漣は事態が切迫していたことにまるで気づいていなかった。ただ舞い上がっていた。

「葵ちゃんのことが好きだ」

漣は勇気を出して、帰り道に告白した。

「帰りたくない」

葵は漣のシャツを摑んだ。手は震えていたかもしれない。

なぜ葵を家に帰してしまったのか。漣は今でも後悔している。それは葵からの初めての意思表示であり、SOSだったのだ。日は暮れかかっていた。「明日また会えるよ」「お父さんとお母さん、心配してる」つまらないことを言ってしまった記憶がある。今考えてみれば最低だった。突然断ち切られる日常がある、ということを知らなかったのだ。

翌日、葵は待ち合わせ場所の美瑛の丘に来なかった。

送り届けた家の近くまで行ってみると、自転車に乗った後藤弓がいた。葵はその日、学校を無断欠席したらしい。

「あの家、ちょっとおかしかったから、心配で」

弓は事態にうすうす勘付いていたようだ。

葵の父親は亡くなっていた。母親は若い男と住んでいるらしい。葵は家の話をしたがらない。弓は、知っていることを、教えてくれた。

葵の家は昔ながらの古い民家だった。ガラス戸はあかなかった。ひっそりとしていた。

「出て行ったよ。今朝、早く。逃げるようにね」

近所のおばあさんが目撃していた。おばあさんは鋭い眼光で、煙草をくわえていた。葵がこの家で、夕ご飯を食べさせてもらっていたことを弓は噂で聞いていて、訪れたのだ。

いつも若い男の怒鳴り声が聞こえていた。何度か役所には掛け合ったけど、母親は男のほうをかばうからね。おばあさんは大きな息をついた。その煙草のにおいを覚えている。

それは、葵が弁当を作ってサッカーの試合を見に来た、翌日のことだった。うまい。こんなうまいもん食べたことがない。漣は弁当をあっというまに平らげた。

「昨日、あの子、古いお弁当箱を持ってきてねえ、料理の仕方教えてくれって。あの時のあの子……嬉しそうな顔して」

帰りたくないと、震える手で漣のシャツを摑んだ意味を、初めて悟った。

そうして葵は漣の前から、突然姿を消した。


飛行機の窓からは東京の街並みが見えた。

「彼女も来るぞ」

竹原からそんな電話が来たのは数日前だった。

以来、漣は葵のことを思い出してばかりいる。最初、彼女も来るぞという言葉に、ガソリンスタンドでバイトしていた時、少しだけ付き合った彼女を思い描いてしまった。その彼女は、別の男とも付き合っていた。

「園田葵だよ」

「……へえ」

竹原がほくそ笑むような声を出したのを覚えている。

弓が、渋谷で偶然、二十歳になった葵と再会したらしい。弓は葵を結婚式に呼んだのだ。

葵は東京にいた。八年間、東京でなにをしていたのか。
羽田空港に到着するアナウンスが流れた。
手にじっとりと汗が滲んでいた。
初めて飛行機に乗ったからでも、初めて東京に来たからでもなかった。
あの時美瑛の花火大会でめぐり逢った四人が、東京で顔を合わせる。
そして漣は、数時間後には、園田葵と再会するのだ。

竹原直樹　平成二十一年　東京

本当は秘密にするつもりだった。

今日まで黙っているはずだった。漣の驚く顔が見たかったからだ。

でも一刻も早く知らせてやりたくて、電話してしまった。

だって漣は結局のところ、八年間も、あの時のことを忘れられなかったのだから。

竹原直樹は、タキシードを着た自分の姿を鏡に映した。

「似合わねえな」口に出して、少し笑った。

弓との結婚に両親はあきれていた。あたりまえだ。無断で家を飛び出して、消息不明だった息子が突然「結婚する」と報告して、「はいそうですか。おめでとう」などと祝福の言葉を述べるわけがない。「勝手にしろ」と電話を切られた。今日、両親は来ない。東京へ出る時、俺は北海道を捨てたのだ。覚悟を持って東京に来たのだ。竹原は思った。

美瑛の花火大会で出会った時から、弓とは携帯電話で繋がっていた。

だからあの時、漣は園田葵ともう一度会うことができたのだ。

園田葵も携帯電話を持っていなかった。葵が夜逃げ同然で突然消えてから、三カ月後ぐらいだったはずだ。消息を、弓が、親しい先生から聞き出してくれた。

「札幌だ。住所もわかった」

すぐさま漣に電話した。家の固定電話だった。最初に漣の母親が出た。葵の現在の居場所を聞くと、漣はすぐに電話を切った。竹原は、引き出しにしまっておいた一万円札を数枚鷲掴み、ポケットにねじ込んだ。自転車を走らせ、上富良野駅へ行くと、漣が時刻表を見上げていた。走って来たのだろう。肩で息をしていた。

「金、あんのかよ、おまえ」

漣がなにも考えずここまで走って来たのは明らかだった。

「ギター買うために貯めといた金だ」

あの頃は本当にミュージシャンを目指していた。お年玉を貯めた三万円だった。

「まだ買ってなかったのかよ」憎まれ口を叩く漣のポケットに札をねじ込んだ。

「これでミュージシャンになれなかったらおまえのせいだかんな」

竹原は漣を送り出した。雪虫が飛んでいた。

そのあと、なにがあったのか、詳しくは竹原にはわからない。

どこかで警察官に捕まったらしい。札幌に行った漣は、葵を連れだしたのだろう。中学生の二人がどこへ向かっていたのかも知らない。女の子と逃亡し、警察に捕まった漣の噂は学校中に広がっていた。

以来、漣は変わった。自転車でどこまでも走り続けていた無邪気な少年時代が終わりを告げたかのようだった。表面上は、あんなことはなんでもないことだったんだという感じを装っていた。

漣はいつだってそうなのだ。なんでも自分の心の中で解決しようとする。自分の問題は自分にしかわからないとでも思っているのだろう。垣根を設ける。漣があの時の金を返しに来たので、竹原は拒否した。三万円は中学生の自分にとって大金だったが、「おまえにやったんだ」と、かたくなに受け取らなかった。

漣とは高校が違った。竹原は旭川の工業高校で、漣は、富良野の道立高校だった。好きだったサッカーもやめてしまったらしい。時折、駅で会うと、漣はすでに大人になっていた。どうせなにをやっても駄目なのだという諦念さえ感じられた。竹原にとっても同じことで、高校時代は挫折の連続だった。あの時漣にギターを買う金を渡さなくても、ミュージシャンにはなれないことは、軽音楽部で先輩のギターを聞いた瞬間にわかった。

でも弓とは繋がっていた。

最初にキスをしたのは十四歳の時だった。高校に入ると、弓は年下の、やたら痩せて背の高い男と付き合いだした。たしか小柳（こやなぎ）という男だ。弓は「翔（しょう）くん」と呼んでいた。竹原が血相を変えて問いただすと、「私たち付き合ってたっけ？」と答えた。「翔くんは私がいないと駄目なんだよね」と遠くを見つめた。もう弓のことなんか知らねえ。竹原は、コンビニでバイトをしていた別の学校の女性と付き合った。でもいつも思い出すのは弓のことだけだった。美瑛の花火大会の時、浴衣を着ていた弓のことばかり頭に浮かんでしまう。小柳という男とも結局別れたことを知った。「翔くんは私じゃ駄目なんだよね」と弓は、大人のようなため息をついた。俺はおまえじゃないと駄目なんだ。竹原は切々と訴えた。俺たちは別れてはいけない。せめて俺たちだけは……。高校を卒業して美容師の専門学校に通っていた弓は、ある日突然竹原の前から姿を消した。携帯電話が繋がっていなければ、永遠に会えなかっただろう。電話に弓は出なかった。メールを何度も送ったが返信はなかった。あきらめかけた頃、弓からメールが来た。

『今、東京にいる』

弓のメールの文章はいつも素っ気なかった。

「俺、東京に行く」

高校を卒業して、父親の自動車整備工場の手伝いをしていた漣に宣言した。

竹原は旭川の建設会社に就職して半年しか経っていなかった。

「どうしても行かなくちゃいけないんだ」

弓に会いたかった。今、東京に行かなければ弓との糸は切れる。切実な想いだった。

「金、あんのかよ、おまえ」

漣が尋ねた。竹原はなんの計画も立てていなかった。

漣は机の引き出しをあけた。しわくちゃになった札を数枚摑み、竹原のポケットにねじ込んだ。聞かなくても、あの時の三万円であることがわかった。

「おまえがミュージシャンになれなかったのは、俺のせいじゃないからな」

漣の笑顔を久しぶりに見た気がした。そして竹原は上京した。


思えば、幼い頃からいつも漣の背中を追っていた。

最初に見たのは自転車で駆け抜けていく少年の漣だった。どこまでも走っていく漣を見て、竹原も両親に自転車をねだった。周囲で自転車に乗ってる子供はそう多くはいなかった。ようやく両親を口説き落とし、買ってもらった自転車で漣のあとを追った。いつも漣が先頭だった。必死にペダルを漕いでも追い付かなかった。あいつはいつかあの雲の向こうに行くのだろう。自分とは違う世界に走っていくのだ。羨望した。なのに漣は、途中で立ち止まり、八年間も、同じ場所で留まり続けている。想いを話そうともしない。俺にはなにもわからないと見くびっているのか？　竹原は鏡を睨んだ。おまえは休憩しているだけだろう。俺はあきらめないでここまで来たぞ。今度はおまえの番だ。

新郎控え室のドアが遠慮がちにあいた。

漣が顔を出した。

東京に出て来て以来、約二年振りの再会だった。

高橋漣　平成二十一年　東京

「似合わねえな」

タキシードを着た竹原を見て、漣は思わず口に出してしまった。

新郎控え室は人が少なかった。竹原の両親の姿も見えなかった。無理もない。竹原は今日の結婚式を強行したのだ。

「おまえもな」竹原が笑みを見せた。

スーツにネクタイをするのは初めてだった。漣は成人式にも顔を出さなかった。しかも今、漣は全身に汗をかいている。羽田空港から代々木の結婚式場までのルートは頭に叩き込んでいたはずだった。リムジンバスにはなんとか乗れた。だが新宿駅で迷った。山手線のホームがわからなかったのだ。

東京は人が多いということは無論知っていたが、想像を遥かに超えていた。チーズ工房と自宅を往復するだけの自分と、この街を足早に行く人たちが、別の世界の住人に感じられた。

彼らと自分はいつまで経っても交わらない別の人種。そんなことさえ思ってしまった。だからようやく辿り着いた結婚式場の新郎控え室に竹原がいた時、北海道の懐かしいにおいに包まれた気がして、漣は心底ほっとしていたのだ。

「早く行けよ」でも竹原は即座に漣の背中を押した。

俺のことなんてどうでもいいんだよ。早く会って来いよ。

無理矢理外に出された。新郎控え室のドアがぴしゃりと閉まった。

いつだって竹原はそうなのだ。勝手に他人の想いを推し量る。

披露宴会場に向かおうとして、立ち止まった。トイレに入った。鏡に自分を映した。ネクタイが曲がっていた。額にも汗をかいている。

なにが早く会って来いだ。本当に、いつだって竹原はそうだった。

葵が夜逃げ同然でいなくなった時も、漣が逃避行して捕まった時も、竹原は心情を見抜いているかのように、辛かっただろ、わかるよ、とばかりに肩を叩いた。

数年後には、いつまであのことにこだわってるんだよと説教された。十二歳の頃の逃避行で、心に傷を負い、世界になんの関心もなくなった二十歳の冴えない男、という漣の物語を、竹原は勝手にこしらえるのだ。

違うんだよ、竹原。漣は心の中でつぶやいた。いつまでもこだわっているわけではない。

葵のことを常に考えていたわけでもない。現に、十八歳の頃、旭川のガソリンスタンドで一緒にバイトしていた七海（ななみ）と付き合った。七海は、高校中退で、いつも軽自動車にぬいぐるみを乗せていた。背が小さくて、明るく元気で、客に好かれていた。でも時折一人ぽつんと空を見上げている時があった。至極気になった。眼光鋭く威圧する七海の仲間たちと、漣は明白に違っていた。暴力的な態度で他人に接する人間を漣は極端に嫌悪していた。誰ともつるむことなく一人で日々を過ごしていた。

　自分になど興味はないかもしれない。思い切って食事に誘うと、やはり七海は目を丸くしていた。誘った自分にも漣は驚いていた。世界がほんの少し輝いて見えた気がした。

　初めての時、こんなものなのかと、正直漣は拍子抜けした。女性と付き合えば誰とでも十二歳の時のような気持ちになるわけではないということを知った。七海にとっても同じだったようで、眉がやたら細い男との付き合いに、疲弊していただけだった。ここは自分の生きる世界ではないようだ。ようやく悟った。車が好きなだけだったのだ。

　チーズ工房に就職して社会人になった。世界の肌触りをたしかめ、一歩、一歩、慎重に、自分なりに、なんとか前向きに生きてきた。他の人とスピードが違うだけだ。

　一度離した手は、二度と繋がらないのだから。

　八年前だ。もう八年も経ったのだ。

トイレから出ると、手を洗ったのに、もう汗ばんでいた。

披露宴会場は小さかった。東京で建設会社に就職した竹原の上司や同僚たちだろう、同じ席に座っていた。漣は友人席だった。まだ誰もいなかった。北海道の友人は漣だけだろう。離れたところに、弓の仕事先の美容室の人らしき賑やかな男女が見えた。おそらく東京に住んでいる人たちだ。続々、ドレスアップした女性が入って来る。

漣は入り口を見た。何度も見た。八年も経っているのだ。わからないかもしれない。時の流れとはそういうことだ。入って来た瞬間に、その考えは打ち砕かれた。時の流れとはなんの関係もなく存在している人間がいることを漣は知った。

髪が長くなっていた。決して派手に着飾っているわけではないのに、華やかさを感じた。自分の席を探す、少し不安な表情の中に、漣は中学生の時の面影を見た。

それが二十歳になった園田葵の姿だった。

後藤弓　平成二十一年　東京

わたしたちは時代が平成に変わる頃生まれました。

会場では赤ん坊の時からのスナップビデオが映されていた。

ウエディングドレスを着た後藤弓は、参列者と共に、映像を見つめていた。

出会いは十二歳の時でした。

まだ今ほど人気がなかった旭山動物園に行った時の写真だった。恥ずかしい。こんなことはやめてほしかった。なぜ美容室の先輩や同僚に、田舎者の中学生が精一杯おしゃれしました、というような自分の写真をさらさなければならないのか。

弓は、隣で満足そうな顔をしている竹原直樹を睨んだ。

そもそもいつ竹原と付き合いだしたのかも定かではない。出会った時から長文メールがうざかったのを覚えている。旭山動物園だって、明日、暇？　というメールに、暇、と答えてしまって、結局二人で行くことになっただけで、後悔したぐらいだった。付き合ってるつもりなど微塵もなかった。でも気づくと、最初に出会って以来、八年間、この男はいつも弓の側にいた。なぜだかわからないけど、側にいた。

なるようにしかならない。

それは母の口癖だった。母も美容師だった。富良野の観光ホテルで働く父との三人家族。幼い頃は、どこにでもあるごく普通の家族だと疑いもしなかった。どうやら両親の仲はあまりよくないようだと察知したのは、高校生になってからだった。

子供の前では喧嘩をしないように努めていたのだろう。夫婦円満に見えていたのだ。でも思えば、どこかに行く時、いつも三人一緒ではなかった。今回は母と一緒。次は父と一緒。母が美容師として働き、父の仕事の都合で日曜日は休めないからだと疑念を抱かなかった。

弓が高校生になる頃、お互いの不満が隠せないほど噴出したのだろう。弓の前でも喧嘩をするようになった。原因はわからない。見栄っ張りで、花火大会の時、子供に浴衣を着せることを喜びとする母と、家でも、洗ったグラスの位置にこだわる神経質な父とは、結局相性が悪かったのだろう。弓が旭川の美容師専門学校に通っている頃、二人は離婚した。

その時も母は、笑って言っていた。なるようにしかならない。

弓は母をたくましく感じた。手に職を持っている者の余裕を見て取った。なにがあっても一人で生きていけるのだから。絶好のタイミングで、東京の美容室に勤め始めた高校時代の先輩が、弓を誘ってくれた。北海道にこだわりはないし、帰るべき家もなくなった。東京もいいかもしれない。上京した。

それを勘違いしたのが、この男だ。
竹原は、家族を喪失した弓が、自暴自棄になり、東京に出て行ったという物語を勝手にこしらえ、今、おまえの側には俺がいないと駄目だと追ってきたのだ。あんたには連絡しなかっただけだよ。付き合っていたわけじゃないんだから。喉元まで出かけた。

竹原の実家はアスパラやミニトマトを作っている農園で、三人兄弟の三男だった。大金持ちではないが、貧しくもなく、北海道の大地で、家族の愛情を一身に受けて育った竹原には、離婚というものが、人生最大のピンチに見えたようだ。

竹原は、家出同然で東京にやってきた。弓のために家族も北海道も捨てたのだ。頼んでもいないのに。弓のマンションに転がり込んだ。東京暮らしは初めてで、家に男の人がいることに安心して隙を見せた自分がいけなかった。いつしか結婚を口に出すようになった。今の弓には家族が必要だと、竹原はいささかも疑っていなかったのだ。

悪いけど、私は、あんたみたいに、家族というものを、信用していない。
弓の言葉に、竹原は憐れむような顔を見せた。
いつだって竹原の世界では、家族は愛し合うものであり、それを信用できない弓は、残酷な世界の犠牲者なのだった。無論、本当に嫌いなら一緒に住まない。自分より他人のことを思いやる性格は見習いたい時もある。またこの男は、人の懐に入って来るのがうまい。たまに出張でいないと、部屋はひっそりとして、寂しくなってしまうのも事実だった。

一人になると自分と向き合ってしまう。弓は自分があまり好きではなかった。自分を好きな人間がいること自体、信じられなかった。なんで自分なんかを好きになれるのだろう。そんな人間を、八年間も追いかけてくれる存在自体が奇跡だった。流されよう。家族なんて信じていないけれど、すべてはなるようにしかならない。そして今日という日を迎えた。

でもね、竹原。弓は隣でタキシードを着て座っている竹原を憐れむような顔で見た。

私は、あなたが思っているような人間ではない。

友人席には園田葵がいた。

目が合った。葵は中学生の時のように、少し俯(うつむ)いて、微笑みを向けた。

私は葵が思っているような人間でもない。弓は静かに笑みを浮かべた。

だって私は、あの頃から、状況を誰よりも把握していたのだから。

園田葵の家はおかしかった。

弓だけではなく、近所の人もみんな間違いなく知っていたはずだ。

葵とは、美瑛の小学校の頃から一緒だった。友達はいなかった。自分の存在を消そうとしているかのように、いつも一人だった。葵の周囲だけ、別の風が吹いているような気がした。クラスで葵の家にいちばん近いのは弓だった。たまに下校する時間が同じになった。葵は、弓の言葉に、「うん」「そうだね」と短い返答をするだけで、自分のことを決して話そうとしなかった。常に聞き役だった。ある日、一緒に下校していた時、家から男の怒鳴り声が聞こえた。平凡な日常を切り裂くような暴力的な怒声だった。誰もが、気づかないわけがない。葵は立ち止まっていた。弓は葵を見た。なにも言わないで。葵の強い意志の目が語っていた。この子はこんな目をするんだ。大人の目のようだった。葵は、ふっと静かに息をつくと、家に入っていった。まるでこれから戦場にでもおもむく兵士のような後ろ姿を、弓は見ていることしかできなかった。

母に相談すると、「なるようにしかならない」といつもの言葉をつぶやいた。母も察知していたのだろう。

近所のおばあさん、村田節子（むらたせつこ）は、事態が切迫してることにいちばん憂慮していた人間だったかもしれない。葵がよくご飯を食べさせてもらっていた家のおばあさんだ。あとから聞いた話では、節子は、何度も児童相談所に連絡したが、葵の母親が、一緒に住む若い男をかばい、葵を引き離すことができなかったらしい。

美瑛の花火大会の時、葵は腕に包帯をしていた。原因は明白だった。母の見栄で、浴衣を着てきたことを後悔した。葵はいつもと同じ服だった。花火が終わっても、「まだここにいたい」と葵は動かなかった。笑顔の家族たちが見上げていた花火の余韻を楽しんでいたわけではない。家に戻ったら起こるであろう理不尽な暴力を、一分でもいいから遅らせたいだけだった。近所の大人たちも助けられなかったのだ。中学一年生の葵にとって、回避するすべはなかったはずだ。無情な世界で耐えるしかなかったのだろう。

その時、無人の自転車が頼りなくころころと転がってきたのだ。


高橋漣は、新郎友人席に座っていた。

新婦友人席に座る葵に何度も視線を向けている。気になって仕方ないのだろう。漣は、中学生の頃と変わらないように、弓には思えた。まだあの少年のような真っすぐな瞳を失っていない。

竹原と旭山動物園に行った帰り道、サッカー場の近くで漣が葵と弁当を食べている姿を見かけた。「あいつ、いつのまに」竹原が唖然としていた。

葵の笑顔を初めて見た。あんなふうに普通に笑うことができるんだ。漣という男が葵の側に来たことを理由に、弓は葵と距離を取った。もう漣がいるから大丈夫。そう思い込んだ。

誰かの助けがほしい少女は、十二歳の弓にとって荷が重すぎたのだ。闇のような世界から離れたい。いつ噴出してもおかしくない問題から、弓は逃げた。葵の家族がいなくなったのはそれからすぐだった。

そのあとのことはよく知らない。

竹原が、漣と葵のその後の話をしようとしても、聞こうとしなかった。

封印しようとしていただけなのかもしれないと思い至ったのは、渋谷駅の東横線の改札口を出たところで、葵と再会した時だった。つい先日の話だ。改札を出る前から、葵がいることがわかっていたような気がした。多くの人が歩いているのに、二十歳になった園田葵だけがはっきりと見えたからだ。ここで再びめぐり逢うことがあらかじめ決まっていたようにさえ弓には感じられた。あとから付け足した記憶かもしれない。

弓は、葵に会いたかったのだ。いちばん近くにいたのに、母の言葉通り、世の中はなるようにしかならないと目を背け、絶対にいつか起こってしまうだろう問題から、耳を塞いだ中学生の頃の自分が鮮やかに蘇ったのを覚えている。自分がもし竹原のような人間なら、なにもかも捨てて、懸命に救出する努力だけはしただろう。弓はなにもしなかった。あの花火の夜だって、きれいな浴衣を着て、隣に座っていただけだった。

高校生の時、小柳翔と付き合ったのも、傷ついた人間になにかをしてあげたかったからかもしれない。彼の家庭もまた複雑だった。何番目かの母親と折り合いが悪かった。絶えずお腹をすかせていた。あそこならご飯を食べさせてくれるかもしれないと、村田節子を紹介した。彼の孤独を知った。この子を見捨ててはいけない。今思えば、葵にできなかったことの代わりだった。同情は愛情ではない。弓は小柳ともいつしか疎遠になった。

私は誰も助けることができない人間だ。弓は自覚している。そもそもたいした人間ではないが、目の前に助けるべき人間がいる時に、目をそらした記憶は、封印しなければ生きていけないほどの痛みを伴うらしい。理不尽な暴力は、当事者だけでなく、周囲の人間にもじわじわと影響を及ぼすのだ。他人を助けること以外に、世の中で大切なことはあるのだろうか？　自分のことだけを考えて生きているだけではないのか。それが自分の人生なのか。葵のことは、子供時代の一点の傷として、心の奥底に残っていたのだ。

だから結婚式に葵を呼んだのかもしれない。

竹原と結婚する。絶対葵に来てほしい。

こんなに他人になにかを求めたことは、今まで一度もなかった。

だって、世の中は、なるようにしかならないのだから。

高橋漣　平成二十一年　東京

披露宴が終わり、参列者たちは式場のテラスでデザートを食べていた。

とにかく声をかけなければいけない。漣は葵の元に近づいていった。人波の中に一人ぽつんと佇(たたず)む葵が見えた。葵は漣だけを真っすぐに見ていた。

なにを言えばいいのかわからなかった。漣は言葉に詰まった。

「漣くん、久しぶり」

葵のほうから声をかけてきた。

漣は笑顔を取り繕った。

歩み寄って来た葵が立ち止まった。

「なにしてんの、園田は」

普通に話しかけた。なにごともなかったかのように。

二人の距離は幾分離れたままだった。葵はじっと漣を見つめていた。漣の瞳の中に中学生時代の面影を探しているかのようだった。

「今、俺、チーズ工房で働いてんだ」

「北海道？」

「うん」

「ずっと？」

「ずっと。東京来るの、今日、初めてだよ」

「……サッカーは？」

「サッカー？　ああ、もう高校でやめちゃったよ」

「……世界で活躍するって言ってたのに」

「所詮俺なんてそんなもんだから」

なんでこんな話をしているんだろう？

なんで普通に話をしているんだ。漣は焦った。喋っているのは自分のことだけだった。あんなことは気にせずちゃんと生きて来たよ。そんなに立派なものにはなれなかったけれど、それなりに前向きに生きて来た。そんな自分を、印象付けたいかのように話し続けている。こんなことではない。話したいのはこんなことではないはずだ。これでは、中学生時代の、お互いなんとも思っていなかったクラスメイトが、たまたま友人の結婚式で再会した時の会話と同じではないか。

「園田は？」

あれからどうやって生きて来たのだろう。

「大学生。経営学部」

「すごいね。変わるよな、そりゃ。もう中学生じゃないんだから」

なに普通に話してんだ、俺は。突如、漣は懐かしいにおいに包まれた。葵がいつのまにかすぐ近くにいるのだ。目の前にいた。身体全体に汗が滲むのがわかった。

「曲がってる」

葵は、漣のネクタイを直していた。手つきが慣れていた。でも、その手は少し震えていた。なにごともなかったかのように振舞う漣に、葵が必死に距離を詰めているように感じられた。あの時、握り締めた冷たい手には、水色のネイルがほどこされていた。もう葵の手は冷たくないのかもしれない。視線を葵は感じたのだろう。

「もう中学生じゃないから」微笑んだ。

抱きしめたくなった。なんでもなくなんかなかったのだ。この八年間、いつだってこの時を待ちわびていたのだ。

心の奥にたたみこんでいた感情が露わになったのがわかった。

なにかを言わなければいけない。なにかを言わなければ、本当に、なにもなかったことになる。漣が勇気を出して葵に語り掛けようとした時、大きな声が聞こえた。

「いや、中学生の頃に出逢って、何度も別れて、また引っ付いて、いろいろあったんですよ、ここまで来るまで」

竹原が、参列者の会社の先輩と話していた。

「でも、こいつを一生幸せにします！」

「もう酔ってますから。すみません」

弓が恥ずかしそうに、竹原を連れて行った。

葵が小さく笑った。漣も笑った。中学生の頃と変わらない二人の関係だった。竹原が、空気を読まずに語り続け、もういいでしょ、うるさいよ、と、弓が適当にあしらう。美瑛の花火大会で出会った時から変わらない二人の姿だった。

葵がスマホを見ていた。メールが着信していた。

漣は未だに二つ折りの携帯電話だった。

「行かなきゃ」

メールを見た葵がぽつりとつぶやいた。

葵には葵の現在の生活があるのだろう。

「じゃあね」

漣は言った。なにがじゃあねだ。

「じゃあ」

葵は午後の陽光が降り注ぐテラスの向こうへ去って行った。

後ろ姿が大人になっていた。


あの時、園田葵は眼帯をしていた。

夜逃げ同然でいなくなった葵の住む場所を知り、上富良野駅で、竹原に三万円をポケットにねじ込まれ、列車で札幌まで一人でやってきた時だった。十二歳の冬。いつ雪が降ってもおかしくないほど、街全体が冷えていた。繁華街から少し外れた、飲食店の二階だった。弓は、住所まで聞き出してくれたのだ。古い階段を上った。軋(きし)む音がした。表札はなかった。震える手で呼び鈴を鳴らしても、誰も出てこなかった。

「漣くん」

背後で声が聞こえた。ビニール袋を持った葵が階段の下に立っていた。

「葵ちゃん……？」

三カ月ぶりに会った葵は、眼帯をしていたのだ。

葵は、近くの公園に移動した。家の前では話をしたくなかったようだ。ビニール袋には、カップラーメンとスナック菓子が見えた。百円ショップのビニール袋だった。

そして眼帯でも隠せない痣が見えた。明らかに誰かに殴られたあとだった。

「ごめん。俺、全然知らなくて」

本当になにも気づいていなかったのだ。

「中学を卒業したら働く」

もうすでに決まっていることであるかのように葵は言った。

「それまでは耐える。耐えるしかないから。どんな目にあったとしても」

強い意志のように感じられた。

俺はいったい今まで葵のなにを見ていたのだろう。漣は葵の手を握っていた。初めて握った。冷たかった。異様なほど冷たかった。

「行こう」

勢いよく立ち上がった。

「そんなところにいちゃ駄目だ」

絶対にこの手を離さない。漣は十二歳にして初めて世界に立ち向かった。

衝動的だった。なんの計画も立てていなかった。中学生の自分にできることは限られていた。両親の元に戻ってもすぐに引き離されるだろう。だから二人は家とは反対方向の函館方面への列車に乗った。雪も降って来た。夜になると、列車内はどんどん人が少なくなっていった。こんな時間に列車に乗ったことはなかった。このまま闇の中に吸い込まれていくかのようだった。どう見ても無謀な行動だった。これからどうすればいいのかわからなかった。漣は葵の手をずっと握り締めていた。不安を悟られたくなかった。

必死に考え、頭に浮かんだのが、あのキャンプ場のロッジだったのだ。

警察官たちに引き離され、二人の手が離れた瞬間が脳裏に蘇った。雪に圧迫された胸の痛みさえ戻って来たかのようだった。

漣は突然結婚式場を飛び出した。衝動的に走っていた。逃避行した時と同じだった。あれから一歩、一歩、慎重に生きて来た漣にとって、なにかに突き動かされるように走りだしたのは、久しぶりのことだった。このまま葵を帰してはいけない。このままではなにもかもが途切れる。俺はいったい今までなんのために生きて来たのか。漣は走った。

テラスを抜け、駐車場に出ると、葵の後ろ姿が見えた。

「園田！」叫んだ。久しぶりに大きな声を出した。

葵が立ち止まった。振り向くと、まだ葵は眼帯をしているのではないか、と思ってしまったほど、背中が弱々しく見えた。無論、眼帯はしていなかった。でも表情の中に、人が少なくなった夜の列車や、世界に二人だけ取り残されたようなロッジで、漣を無言で見つめていた時の葵の面影を見た気がした。

なにごともなかったわけじゃない。あれから八年間、想いを抱えながら、二人は、別々の道で生きてきたのだ。二人の物語は続いていたのだ。

「漣くんと会えてよかった」

葵の言葉に想いがあふれた。もう一歩踏み出そうとした時だった。すべてを断ち切るように葵は背を向け、車の助手席に乗り込んでしまった。外車だった。ベンツだ。運転席には男がいた。三十代ぐらいの男だった。精悍（せいかん）な顔つきをしていた。北海道にはいないタイプの男だ。まぎれもなく東京で生きている男だった。葵を迎えに来たのだろう。男は、漣に目もくれず、ベンツを発車させた。葵は漣を振り返ろうともしなかった。

もしかしたら今、俺は作り笑いをしているのかもしれない。漣は走り去る車を見つめた。

一度引き離された手は二度と元には戻らない。

二度目のチャンスはこの世界にはないのだ。わかっていたはずだった。この再会にひそかな期待をよせていた自分のあさはかさを笑うしかなかった。なぜ走ったんだ。いまさらなにを再び掴もうとしていたのか。

もし二人の物語があったとしたら、これが終わりの光景なのだ。

東京の片隅。一月の陽光が降り注ぐ駐車場だった。東京の一月は春のように暖かかった。

漣はいつまでも立ち尽くしていた。

ここからどこに行けばいいのかわからなかった。

桐野香　平成二十一年　美瑛

高橋漣を初めて見たのは、チーズ工房だった。

ある日、履歴書を持って訪れたのだ。

桐野香（きりのかおり）は、夜のチーズ工房で一人ワインを飲みながら、一年前のことを思い出した。

口調は丁寧だし、礼儀正しかったが、俯いた時に見せる、どこか世をすねた顔が気になった。本当はこんな仕事やりたくないんだけど、仕事をしなくちゃならないんで、とりあえず来てみました。漣の心持ちを香は瞬時に読み取った気がした。表面上はそんな失礼な態度は取っていない。むしろ好感度が高い話し方をする。どこにも危険なにおいはしない。でもこの男は、内面に触れられたくないなにかを抱えている。他人に見破られたくないのだ。だから社会通念上逸脱しない態度を心得ている。まだ本当はどういう人間なのかはなにもわからないのに、初めて会った人間をそこまで観察してしまった自分を、香は笑った。高橋漣という人間が、初対面から少し気になっていたのは事実だろう。当時は、そんなことはどうでもいいことだった。

私には将来の姿がはっきり見えていたのだから。香はワインに口を付けた。

「あいつ、平成生まれだからさ」

なぜあの男を雇ったのか。香が文句を言った時、オーナーは、そんなよくわからない理由を述べた。オーナーは自分のチーズを極めることにしか関心がない男だった。あるいは、自分と同じ、人と接する上での不器用さを漣に見たのかもしれない。

オーナーは、フランスでチーズの修業をして、この地に店を開いた。奥さんが美瑛の生まれで、店舗選びから、牛乳調達の牧場との契約、対外的なことの全般を担当していたらしい。職人肌のオーナーはチーズ作りに没頭できていたのだ。大学生だった香が、この店に訪れたのもその頃だった。少し苦みのある独特の風味は北海道生まれの香でも味わったことのないものだった。何度も通った。

その頃香は、石田健治（いしだけんじ）と付き合っていた。中学生のクラスメイトだった。将来を共にしたいと夢を描いていた。だから香は、健治の家のじゃがいも畑が収穫期になると、大学を休み、手伝いにおもむき、健治の両親に気に入られようと、常に笑顔をこしらえる毎日を送っていた。心身共にくたくたになっていたので、チーズが安らぎになっていたのだ。

ある日、チーズ工房に訪れると、奥さんがいなかった。

チーズを販売しているカウンターでオーナーが、慣れない手つきでレジを打っていた。なにがあったのかはわからない。あとで香は聞いてみたが、「いなくなった」としかオーナーは答えなかった。どうせ逃げられたのだろう。

奥さんのいなくなったチーズ工房は、店内さえも暗くなったように感じられた。観光客のツアーに組み込まれ、その収益で経営を維持していたようなのに、奥さんのいないチーズ工房は、客をさばききれていなかった。客の香がどきどきしてしまうほど、沈没寸前に見えた。バイト募集の貼り紙が目に留まった。どうせこの地で生きていくのだ。ひとまず違う仕事をしてみるのもいいかもしれない。毎日、あのチーズも食べられる。最初は軽い気持ちでオーナーに声をかけた。「今日からでもいいので、やってほしい。お願いします」と懇願された。

ツアー会社は、あまりの客さばきの悪さに、このチーズ工房に立ち寄ることをやめていたが、香はホームページを作成し、通販も始め、店内の電球も明るい色に替えた。傾きかけたチーズ工房を立て直したのは自分のおかげだという自負もあった。結局、旭川の大学を卒業してここに就職した。どうせいずれは、健治の両親とじゃがいも畑で一生働くのだ。そうなるまでの短い猶予期間のつもりだった。チーズ工房は再び繁盛し、さらに人を雇うことになった。

やってきたのが高橋漣だったのだ。

最初は殺菌した牛乳を運んでいた。

別になにか悪さをしているわけでもないのになぜかいらいらした。

どんぐりを投げた。

漣はまるでうしろから殴られたような顔で大げさに振り向いた。

「命中」

と、言ってやった。その時、香は奇妙な感覚に包まれたのを覚えている。自分がこうすることは以前から決まっていたかのような気がしたのだ。なぜだろう。今もわからない。

「世の中に怒ってるの？　それとも自分に？」憎まれ口を叩いていた。

漣は怪訝な顔をしていた。無理もない。漣は怒っている顔を見せていたわけでもなければ、不遜な態度をとっていたわけでもなかった。表面上は普通に仕事をしていただけだ。私はあなたの内面のことを言ってるんだよ。香は心の中でつぶやいた。

「そもそもさ、なんでここで働きたいと思ったの？」

「美瑛でなにかないかなと思って」

なんで美瑛？　と聞いても答えなかった。

漣は、遠くに見える美瑛の丘を見つめていた。

なぜ突然自分の世界に入っているんだ？　この男は。香はさらにいらいらした。美瑛の丘でなにかがあったのかもしれない。香の知ったことではない。内面の心持ちは空気となって相手に伝わるんだよ。なにか聞いてほしいのか？　この私に。香はどんぐりを投げた。何度も投げた。「やめてくださいよ」と漣は、子供のように、逃げた。

最初はそれだけだったのだ。

東京で友人の結婚式から帰って来た漣は、淀んだ空気を撒き散らしていた。気づいたのはおそらく香だけだったかもしれない。オーナーと職人たちは、普通に漣に接していた。漣も、自分ではなにごともなかったかのように振舞っているつもりなのだろう。香はお見通しだった。香自身、なにごともなかったかのように懸命に振舞っていたので、漣の心情が伝わって来たのだろう。

当時付き合っていた石田健治はぼんやりした男だった。

いや、今でもぼんやりしている。中学生の頃、健治は絵を描くのが好きだった。美瑛の丘を見ながら、なんだかわからない抽象的な絵を描いていた。ほっそりとした体で、黙々とキャンバスに向かっていた。もしかしたら物凄い才能があるのかもしれない。絵心がまったくない香は過大評価した。

でもしばらくすると、健治はギターをひくようになった。高校生になると、詩を書き始めた。将来はなにがしたいの？　聞いてみたことがある。じゃがいも畑。健治は答えた。絵も音楽も詩も、仕事にするつもりは毛頭ないらしい。両親のじゃがいも畑で働き、暇な時間に絵や音楽や詩をやればいい。ぼんやりと考えていたようだ。上昇志向というものがまるでなかった。

いつから健治と付き合い始めたのかはわからない。

いますぐじゃがいも畑で働いてもいいのだけれど、両親が大学に行けと言うから、とりあえず札幌に行く。高校生の時、香は健治の進路を聞いた。「あんたが札幌に行ったら私はどうするの」と反射的に口に出してしまったのだから、もう付き合っていたのだろう。いや、中学三年の時、絵を描いていた健治とキスをしたことがあるのだから、中学生の時からだ。もう十年以上、健治とは付き合っていたのだ。そうに違いない。要はぼんやりした付き合いだったのだ。

健治が札幌の大学に行くと聞いた時は嫌な予感がした。

香は、将来は健治の両親とじゃがいも畑で働くと決めていた。他の人生は考えられなかった。このぼんやりした男と、じゃがいも畑で日中を過ごし、夜はひっそりと音楽や絵や詩を楽しむ。

思い出すと、涙がこみあげてきそうだった。なるほど、私は本当にあの男のことが好きだったらしい。香は一人ワインを飲み続けた。

夢を描いていた将来が永遠に失われたことを今になって思い知った。

健治の両親のじゃがいも畑で、札幌の大学の後輩の女の子が手伝っているのを見たのは、三カ月ほど前の秋だった。札幌に会いに行った時、何度か見かけた子だった。素直そうな子だった。じゃがいも畑がよく似合っていた。香のように、気に入られようと、ことさら笑顔を作らなくても、健治の両親は、存在だけですべてを受け入れているように見えた。香が何度も来ているのに、別の女性を手伝わせていることに健治は別段興味がないというような顔をしていた。いつもと変わらない、ぼんやりした顔をしていたのだ。

はっきりさせようとしなければ、あるいはもう少し続いていたのかもしれない。

ここにはもう私の居場所はない。健治に伝えた。将来を夢見て、必死に家族になろうとしていた自分が悲しかった。自分から別れを告げた。取り乱したかもしれない。泣いたかもしれない。自分がそんなに興奮するとは思ってもみなかった。

チーズ工房には休まず毎日通った。

内面を悟られないように明るさを装った。

「お疲れ様です」

気怠（けだる）い声に、香は我に返った。淀んだ空気を撒き散らしていた男が、仕事を終えてやってきたのだ。今日は香が遅番だった。オーナーも職人たちもすでに帰宅していた。

夜のチーズ工房で一人ワインを飲みだしている香がいるのにもかかわらず、漣は普通に帰ろうとしていた。許せなかった。どんぐりを投げた。正確に言えば、どんぐり型のチョコレートだ。つまみにしていたのだ。

「やめてくださいよ」

どんぐりを投げ続けても漣はまだ帰ろうとしている。用意していたもうひとつのグラスにワインを注いだ。手招きしてもまだ帰ろうとする。だから説教してやった。

「困るんだよね、仕事中、ぼーっとした顔されると」

漣は心外だという顔をした。なんでもない振りを装っているのがバレてないと思っているらしい。

「どうせ女にでもふられたんでしょ」

この男はすぐ顔に出る。そして自分のことは誰にもわからないとばかりに、表情を消すのだ。さらに強く手招きした。漣は渋々香の前に座った。初めてちゃんと漣の顔を見た気がした。この男はなにを内面に抱えているのか。なぜ時折、とても寂しそうな顔をするのか。香はワインを漣の前に置いた。

窓の外は雪が舞っていた。

長い冬はまだまだ終わりそうにない。

「私はね」

漣の顔を見ていたら、なぜか話したくなった。

「もういいですから。仕事はちゃんとやります」

説教の続きだと勘違いしたようだ。

「中学生の時からずーっと付き合ってた。もう十年だよ、十年」

香は、健治の話をした。なぜそんな話を漣に始めたのかはわからない。誰かに聞いてほしかったのは事実だ。十年の想いを。この先どこへ行けばいいのかわからなくなった今の自分の話を。

いや、それだけではない。あなたはいったいなにを抱えているの？　漣に聞きたかったのだ。最初に見た時から気になっていた。漣は、自分にしかわからないなにかを隠しながら、世の中とどうにか折り合いをつけて生きている。話してほしい。誰かに話すことで、紛らわすことができるのならば。

でも、話していたのは自分だけだった。自分は大切なものを手離してしまったのだ。二度と元通りにはならず、日々はこれからもぼんやりと続いていくのだ。涙が出ていた。見せたくなかった。どんなに頑張っても止まらなかった。そんな自分を、おかしいでしょ、とばかりに漣に笑顔を見せたつもりだった。

「中学生の時の恋が……」

黙っていた漣が声をあげた。いつもより太い声に聞こえた。

「いつまでも続くわけないじゃないですか。いいじゃないですか、昔のことなんて。なに泣いてんすか。なに泣いてんだ、しっかりしろよ、桐野香！」

なんでフルネームなんだよ。なんで突然大声を出した、高橋漣。

香はまじまじと漣を見た。

夜のチーズ工房は漣と香がいる場所だけ、光が射していた。

それは、このチーズ工房で働き出して、初めて香が電球を替えた場所だった。

高橋漣　平成二十一年　美瑛

最初はなんとも思っていなかった。

歳はそんなに変わらないのに、チーズ工房を切り盛りするガサツな先輩。

漣の桐野香に対する印象は決して良くなかった。

だいたい物を投げる人間は嫌いだった。

なぜこの先輩は、どんぐりを投げるんだ？　なにが「命中」だ。

放っておいてほしかった。仕事だって、迷惑をかけないように、自分なりにこなしているつもりだ。初めて桐野香という女性を意識したのは、竹原の結婚式から帰って来た数日後、夜のチーズ工房でワインを飲んだ時だった。香は中学生の頃から付き合っていた男の話をした。なんでそんな話をするんだろう？　どうして他人の前で涙まで流すことができるのか？

漣は不思議だった。でも考える間もなく叫んでいた。

中学生の時の恋がいつまでも続くわけがない。しっかりしろよ。

勿論、自分に向けた言葉だった。

数日後、仕事が終わると、香はチーズ工房の車をオーナーから借りていた。助手席に入ろうとすると、「私、免許持ってないから」と言った。運転手役は最初から漣と決まっていたらしい。「どこに行くんですか」と聞いたら、「あんたの好きなところでいいよ」と答えた。

富良野方面に意味もなく走った。雪は道路に残っていたが、その夜は快晴だった。

「札幌って遠いよね」

やがて香がぽつりとつぶやいた。

「遠いですね」

「じゃあ海は？」

「海はもっと遠いですね」

香は沈黙した。漣はアクセルを踏み続けた。

「安全運転だね」

しばらくしてから、香が言葉を発した。

「特に急いでないですから」

漣は中学生の頃、自転車でどこまでも走っていた自分を思い出していた。久しぶりに感じた風だった。心地よかった。果てしなく続く道の向こうに行きたかった。

「行きましょうか、札幌」

漣はアクセルを踏んだ。高速道路に乗り、三時間以上かけて札幌の街についた。香は、流れる車窓を無言で眺めていた。札幌駅の近くで車を停めても黙っていた。

長い沈黙を破ったのは、なにかを追い払うような、香の大きなため息だった。

「ありがとう。帰ろう」

帰りの車内では一転、香は喋り続けた。

本当はCAになりたかったこと、子供の頃空を見上げて、あの遠い空の向こうに行きたいと願ったこと、大学を卒業したらCA育成の専門学校に通おうとしていたのに、チーズ工房のバイト募集の貼り紙を見てしまったこと、一人娘なので両親の近くで暮らすことを選び、CAはあきらめたこと、この町で一生暮らすのだと決めたこと、でもどこかで、別の人生もあったのではないかと考えてしまうことなどを、話し続けた。別れた男の話は一切出てこなかった。絶対話すまいと決めているかのようだった。漣もあえて尋ねなかった。

雪が溶け始めると、香とのドライブは数を増した。仕事が終わると、二人で夜の北海道の道をあてもなく走り続けた。猛スピードであおってくる、昔、ガソリンスタンドでバイトしていた時、付き合っていた七海の周囲にいた粗暴な連中が乗っているような車には、どうぞご自由にと、すんなり道を譲った。ゆっくりとどこまでも走り続けた。彼らとは世界が違うのだ。

旭川。阿寒湖。釧路で海も見た。帰るのが朝方だった時もある。

仕事になると、香は、眠い目をこすりもせず、怖い先輩という態度を崩さなかった。

夜のドライブでは、ひたすら自分の話を始める。

なにかを断ち切るように二人は夜の道を駆け抜けた。きっとそうなのだろう。大切なのだと思う者を失った二人にとって、夜のドライブは、その先に行くための儀式のようなものだったのかもしれない。通り抜けねばならない道だったのだ。

ある夜、狩勝峠（かりかちとうげ）の上で車を降りると、世界がしんと静まり返っていた。

「私、ぼんやりした付き合いは嫌なの」

漣は初めて香を抱きしめた。

夜のにおいがした。五月に入り、北海道はようやく春を迎えようとしていた。


そうして、香と付き合い始めて、一年が経った。

旭川の郊外にあるショッピングモールでカートを押していた時だった。

香は実家に住んでいた。両親が旅行に出かけるので、香が家で食事を作ってくれることになった。香は少しでも値段が安く、質のいい肉を熱心に選んでいた。自分たちと歳が変わらない男女が小さな子供を連れて買い物をしている姿を漣は見た。周囲にはそんな人たちが大勢いた。若いうちに結婚し、小さなコミュニティの中で暮らす人たちだった。閉塞した地方都市で鬱憤をためて、ある日キレるわけでもなく、反社会勢力に近寄るわけでもない。休日に郊外の商業施設に車で立ち寄り、少しでも値段の安い商品をカートに入れ、日々のささやかな生活を営む人たちだった。

小泉首相の構造改革があっても、リーマンショックが起こっても、民主党に政権が移動しても、なんとかやりくりしながら、生活する人々。映画や小説の主人公にならないような、でもどこにでもいる人たち。そんな空間にいて、自分もまたカートを押していることが、漣は嬉しく感じられた。

どこに向かっているのかもわからず、走り続けた夜のドライブの時期を終え、自分の居場所を感じられたような心持ちがしたのだ。

普通の生活がしたい。世界になんか行けなくていいから。

あの時の園田葵の夢の生活を俺は今、生きようとしている。漣は思った。

だが一方で、自転車でどこまでも行こうとしていた少年時代が頭をよぎる。

「一緒に美瑛で暮らさない？」

そう香から提案されたのは、数日前だった。

望んでいたことだった。だが、漣は未だに答えていない。

香と、チーズ工房で働き、休日は郊外のショッピングモールでカートを押す。

十二歳の冬以来、なんでもない振りを装いながら、自分の世界に閉じこもっていたことを自覚したのは、香と出会ってからだった。自分のことは誰にもわからないと心に抱え、そんな想いは周囲に伝わっているのに、俺は大丈夫だと普通を装う。そんな一人っきりの世界に、香はどんぐりを投げて、漣を新しい世界に呼び込んだのだ。

もうそこにはなにもないよ。

こっちにおいで。香は無意識に漣を呼び寄せたのかもしれない。

一方で、もう一人の自分がささやく。

おまえはまだなにもしていないじゃないか。

自転車で走り続けた幼い頃の想いが、今の自分を苦しめているような気がした。どこまでも行けると思っていたのではないか。世界中を飛び回りたいのではなかったのか。

だから香との生活に一歩を踏み出せないのだ。

周囲の同世代のカートを押す人たちから、おまえは違う、おまえは俺たちとは違う人種だと、冷たい目で見られているような気がした。

そして、香との同居の答えを延ばし続けた。

竹原直樹が北海道に帰って来たのは、七月の初めだった。
一緒に帰郷したのは弓ではなかった。竹原は別の女性を連れてきていた。

山田利子　平成二十一年　東京

きみがこの世界で生きていくのはたいへんだろうな。

それが竹原直樹を初めて見た時の、山田利子の感想だった。

利子は、岩手県の高校を出て、東京の大学に進学した。

リーマンショックが起こり、就職は再び氷河期に入っていた。特技や資格があるわけではなく、社交的でもない利子にとって、入れる会社は限られていた。岩手で漁師を営む両親からすると、大学に入ったのに就職できないなどということは考えられない話だった。時代が変わっても、頭の中は高度経済成長期の昭和が染み込んでいるのだ。ひたむきに頑張れば報われるという物語を未だに信じている。でも、保守的だが、家族を愛する気持ちは誰よりも強い両親に、心配だけはかけたくなかった。だから利子は入れる会社に就職した。

建設会社だった。

なんとなくわかっていたことだったが、この社会は、学生時代の人間関係とたいして変わらなかった。特に、この会社においてはそうだった。大学で学んだ理論や教養も必要とされていなかった。大切なのは、正論ではなく、コミュニケーション能力だった。空気を読めて、場に応じた適切な言葉を言える人間が、いつだって重宝されるのだ。学生時代と同じだった。利子は、空気を読むのも、人とのコミュニケーションも得意ではなかった。初めて会う人間は特に緊張してしまう。自分をよりよく見せたいわけではない。みんな自分のことで忙しいということも知っている。どこかに自分の胸中を推し量ろうとしてくれる人間は存在するのだろうか。未だかつて逢ったことがない。

社会は、人を、なんでもない人のままにはさせてくれない。部長にも冗談を言える明るい人、飲むと陽気になる人、社交的ではないが仕事はちゃんとする人、などにカテゴライズされていく。一度分類されれば最後、役を演じる以外に方法はなくなる。山田利子は、あまり喋らない経理の地味な女性に分類された。そこに、仕事は堅実、という項目を入れてもらえるために一年の時を要した。一度、仕事の在り方を上司に進言したら、「どうしたの？」と驚かれた。分類からの逸脱。突飛な意見は、平穏な日々を揺るがすらしい。

派遣で入って来た竹原直樹は空気が読めなかった。

悲しいほど読めなかった。なにもかも正面から突破しようとする。だから傷を負う。北海道で生まれ育ったという竹原は、こんな時代なのに、正面から人と対峙し、話し合えばいつか人間はわかりあえるのだというおおらかさで、不器用に世界と立ち向かっていた。

　こんな人間がまだこの世の中にいたのか。利子は驚嘆した。

　本当の自分はそうではないのにと心の中で嘆きながら、自分の役割を必死に演じ、仕事もせず社交術だけで世の中を渡ろうとしている同僚を、陰で、ああいう人間にはなりたくないと、馬鹿にしているだけの自分とは大違いだった。

　面倒を見たくなるタイプだった。そっちに行ったらぶつかるよ。回避する方法はいくらでもあるよ。ほら、失敗した。でもこんな挽回方法もあるよ。さりげなく教示した。竹原は「ありがとう」と満面の笑みを返す。嘘のない笑顔だった。この男には裏がない。

　竹原が気になりだした。

　中学生の頃から付き合っていた女性を追って竹原が東京に来たことを知ったのは、本人が話してくれたからだった。飲み会の席だった。利子のグラスを握る手が止まっているのに、竹原は空気を読まず、延々と大好きな女性について話し続けた。

「結婚したいんですよ」

　おおらかすぎだった。竹原は結婚式を強行した。そのために俺は東京に来たんですから。

　竹原は笑顔が止まらなかった。竹原の愛する女性が羨ましかった。

　利子は、また自分の役割を演じ続け、竹原は利子の中で、ただの一派遣社員に戻っていた。

ある日、残業をしていると、竹原がずぶ濡れで帰って来た。社内には利子しかいなかった。「どうしたの？」と聞いても、竹原はただ立ち尽くしているだけだった。目が完全に死んでいた。とりあえずタオルを渡した。

あとで聞いた話だが、中学生の時から付き合って、やっと結婚した女性が浮気したらしい。相手は、妻が高校の時付き合っていた年下の男で、東京で再会したようだ。年下の男は高円寺の風呂なしのアパートに住んでいた。妻はすべてを捨てて、転がり込んだのだ。「この人を助けなければ、心が死んでしまう」というメールが来たらしい。意味がわからず、竹原は雨の中、びしょ濡れで、立ち尽くしていたそうだ。「なんでだよ」「どうしてだ」繋がらない携帯電話にメールを送り続けた。ようやく返信が来たら、素っ気ない返事だったらしい。

『なるようにしかならない』

竹原の結婚生活はそうしてたった一年で終わりを告げた。

なんでそんな姿を他人に見せられるのだろうというくらい、竹原は泣き、時にはわめき、仕事中もおおらかさを完全に失っていた。聞けば、まだ二十歳そこそこでの結婚が早すぎただけだった。妻は結婚する覚悟もないまま強引に竹原に押されただけで、学生時代の延長に過ぎなかったようだ。竹原は、愛し合う二人は話し合えば理解できる、と今でも信じていて、なぜこんなことになってしまったのか、依然として理解できていないようだった。

きみはまだ大人になっていないんだよ。

おおらかさと正面から突破する元気だけでは、この複雑な社会を渡っていけない。

本当にそうだろうか？　本当にそうなのか。利子は自分の常識的な言葉に疑念を抱いた。

「本当にそうなのか？」

竹原も疑問を呈した。

「だったら世界のほうが間違ってると俺は思う」

利子が、演じていた自分の役割を放棄したのはその時だった。この天然記念物のような男を放っておけなかったのか、あるいは、竹原と一緒なら、この世界が美しく見えるかもしれないと期待を抱いたのか、これからなにがあったとしても生きていけると本能的に察知したのか。自分でもよくわからない。論理的に説明することが不可能な感情が自分にあることを知った。男の人に自分からこんな言葉を言うのは初めてだった。

「気づいてなかったと思うけど、そんな竹原が、私は大好きだよ」

高橋漣　平成二十二年　美瑛

「山田利子です」

自己紹介したあと、山田利子はずっと黙っていた。

漣は、気になって仕方がなかった。

「たった一年だよ」

竹原はビールを一気に飲んだ。

チーズ工房の近くにある、ビリヤードとカラオケもある美瑛のバーだった。

家出同然で飛び出して以来、竹原が北海道に帰ってくるのは今日が初めてだった。

「一年で離婚だぞ。あいつ、男作って帰って来なくてよ」

漣はなんとなくわかっていた。結婚式後、頻繁に来ていた新婚生活を自慢する写真付きのメールが、ぴたりと来なくなっていたからだ。弓は、高校生の時付き合っていた年下の男といい仲になったらしい。年下の男のことは高校生の時、聞いたことがあった。「弓が別の男と付き合ってよ」と人生が終わったかのように竹原は嘆いていた。背の高い男だったはずだ。漣の人生とは特に関係のない男だった。

「なんだよ、なるようにしかならないって。わけわかんねえよ」

竹原は何杯目かの酒を頼んでいた。

漣は山田利子を見た。自己紹介したあと、まだ一言も喋っていない。弓とは違い、ずいぶんおとなしい女性だった。一年前に結婚式を強行した男が別の女性を連れて来た。にもかかわらず、竹原は、弓との顚末ばかり話し続けていた。漣の視線に気づいたのか、竹原は山田利子との出会いをやっと話し始めた。弓と別れたあと、半年前から付き合い始めたらしい。

「結婚したいんだ」

竹原は、結婚、にこだわる。二人が出会い、お互いの気持ちがわかれば、結婚するべきだと信じて疑わない。躊躇(ちゅうちょ)もない。一度失敗したのだからとか、もう少し時間を置いたほうがいいなどとは、考えにも及ばないのだろう。

「利子とは一生一緒にいたい。俺はこいつがいなければ駄目なんだ」

弓の時も同じようなことを言っていた。

「でも親父が反対してよ」竹原は飲み続けた。

反対するだろう。なぜそこまで結婚にこだわる。漣は言おうとしたが、竹原は速射砲のように言葉を繰り出す。まだ漣と利子は一杯目のビールだった。竹原の話を聞き続けていたのだ。利子と視線が合った。ごめんなさい、いつもこうなの、という顔で漣を見る。知ってます。そんな顔を漣は利子に向けた。この男は話し出すと止まらない。

「そりゃそうだよな。家出同然で出て行ってよ、勝手に東京で式あげて、一年経ったら、別の女連れてきてよ、今度はこいつと一緒になりますって、そりゃ怒るさ、親父も怒るさ。でも会わねえってなんだよ。顔ぐらい見てくれてもいいじゃねえか。俺だって、いい加減な気持ちで連れてきたわけじゃねえんだよ。こいつの身にもなってくれよ」

もう二度と帰って来るなと、扉を閉められたらしい。竹原の父親は竹原に似ている。家族を愛し、家族のために毎日土にまみれて生きて来た。そんな守るべきコミュニティを引き裂くようにある日突然姿を消した息子が許せないのだろう。

「帰る場所がなくなっちまったよ」

ぽつりと竹原がつぶやいた。

「山田利子だ」

話すべきことが終わったのか、竹原は利子をまた紹介した。さっき聞いたよ。

「山田利子です」

利子は自己紹介した。さっき聞きました。

「高橋漣です」

漣が言った。さっきも言いましたけど。

「おまえがどんなに馬鹿にしても、これから俺はこいつと一緒に生きていく」

「馬鹿になんかしてねえよ。俺もそうだからさ」

漣は香の携帯電話に連絡した。


「正解！　それ、別れて絶対正解！」香が酔っていた。

やってきた香に、竹原は弓との顚末をまた話した。漣と利子は同じ話を二度聞かされた。まったく同じ構成と語り口だった。心のままに吐き出しているように見えて、竹原は、ちゃんと他人が聞きやすいように、物語として語っていたのだ。なんだよ、ストーリーができてるじゃないか。漣はため息をついた。物語のように話せるということは、客観的になれているということだ。もうたいした問題ではないのだ。自分の中では決着がついているのだ。本当に辛い話は、人は物語として語るまで時間を要する。

そして竹原が話し終わると、香は「正解！」と大きな声を出したのだ。もう二杯目のワインだった。香は一杯ですぐ酔ってしまう。普段二杯目は飲まない。付き合っている男の、中学生時代からの友人との初対面に、香は緊張しているのかもしれない。

「大切なのは、過去じゃなくて、今だから。今、どうするかだから。そうだろ、竹原」

「もう呼び捨てかよ」

もしかしたら香は緊張などしていないのかもしれない。

「やっぱ漣はさ、こういう人のほうがうまくいくよ」竹原が笑顔を漣に向けた。

「こういう人？」

どういう人なんだよと、香は眉間に皺を寄せる。やはり緊張などしていない。

「おとなしくついてく感じじゃなくて、こう、引っ張ってくれるっつーかさ」

竹原にも観察力があるようだ。

香は、そうでしょとばかりに、まんざらでもないという顔をした。

あまり褒めて調子づかせないでほしい。チーズ工房に訪れた観光客のおじさんに、「そこの、きれいなお姉さん」と呼びかけられたことがある。香は営業用の笑顔で接したのにもかかわらず、二人だけになると、「きれいなお姉さんだってよ」どうよ、漣、という、満面の笑みを向け、何度も自慢していた。

「竹原はね、この人みたいな……」

「山田利子です」

「利子ちゃんみたいな人が合うと思う」

香がワインを零した。

「ほら、こうやったら、すぐに拭いてくれる」

利子は零れたワインを、テーブルの上にあったおしぼりで拭いていたのだ。というか、自分で拭いたらどうだ？　漣は香を睨んだ。香は明らかに酔っていた。

「誰も認めなくても、私が認める。利子ちゃんは竹原の奥さん。私が認めた！」

竹原のグラスを持つ手が止まっていた。もしかしたら竹原は、利子との関係を誰かに承認してほしかったのかもしれない。香は見抜いたのだろう。

俺の観察力はいつも当てにならない。漣はビールを一気に飲んだ。

香は普段初対面の相手を警戒する。「私が認めた」あんな言葉を初対面の相手には絶対言わない。漣の時もそうだった。その人をじっくり観察し、時には嫌われるような言葉を発しながら、徐々に間合いを詰めていく。自分の世界に迎えるための儀式のように。社交的なように見えて、傷つくことをどこかで怖れている。やはり香は緊張していたのだ。酒の力を借り、今までの自分のやり方を捨てて、竹原との仲を一気に縮めたのだ。

竹原が突然おしぼりで顔を覆った。

気持ちが悪くなったわけではない。香の言葉に涙が零れそうになっていたのだ。そんな顔を見せるまいと、おしぼりで顔面全体を隠していたのだ。

「それ、テーブル拭いた奴だから」

香が軽口を叩いても、竹原は声を殺して泣き続けた。おしぼりしか見えなかった。物語ができていようが、竹原は、弓との別れに、利子との新しい生活に、張り裂けるような想いを抱えていたのだ。香の言葉に救われたのだ。俺の観察力はそんなものだ。漣は自嘲した。全部間違っていた。竹原と香が今、同じ場所にいることが不思議だった。香は、たった数十分で、漣と竹原の長い付き合いの中に割り込み、竹原の心さえも動かしたのだ。

見ると、香も涙ぐんでいるように見えた。

「俺、美瑛で、香と一緒に住むから」

突然、漣は宣言した。今こそ、宣言するべき時だと思った。

香はぽかんとした顔で漣を見ていた。

竹原もおしぼりの隙間から右目だけを見せた。

「所詮、俺はこの町で生きていくのがお似合いなんだよ」

恥ずかしくて、付け加えた。

「所詮てなんだよ、おまえ」

香が漣を小突いた。竹原が笑った。漣も笑った。

利子と目が合った。

利子は、自分の名前以外、未だに一言も発していなかった。利子もまた、付き合っている男の中学生時代からの友人と会うことに緊張していたのかもしれない。きっとそうだ。

漣は利子に笑顔を向けた。利子も微笑みを返した。初めて微笑むところが見えた。

山田利子さん。これからもよろしく。

「歌います！」

香が立ち上がり、カラオケをセットした。

あとで竹原から聞いた話だが、香が歌う曲の歌詞を聞いて、利子は香が中卒だと勘違いしたらしい。情感たっぷりに歌っていたからだ。なぜその唄を選んだ？　漣は熱唱する香を見つめた。

竹原と利子を応援したい気持ちもあったかもしれない。

そして漣と自分のこれからの生活に対しても。

香は歌い続けた。歌詞がこう言っていた。

闘う君の唄を闘わない奴等が笑うだろう。


その夜、竹原と利子と香と一緒にチーズ工房に泊まった。

竹原は当初実家に泊るつもりだったようだが、帰って来るなと扉を閉められれば、もう二度と戻れなかった。漣は実家に連れて行こうとしたが、唄も歌えるあのバーからは、歩くと一時間以上かかった。竹原は酔い潰れていたし、漣もかなり酒を飲んでいた。億劫（おっくう）だった。漣の心持ちを読み取ったのか、「チーズ工房へ行こうよ」と香が提案した。香は明日は早番なので、オーナーから鍵を預かっていたのだ。

深夜のチーズ工房は静寂に包まれていた。

竹原と利子を事務所にある向かい合わせのソファーに眠らせた。

小さなテーブルをどかし、段ボールをしいて、漣と香が横になった。

チーズ工房の営業は十時から。九時からは仕込みを始めなければならない。今は三時半。竹原は九時前の飛行機で旭川空港から東京へ帰る予定だ。仮眠ができればいいのだ。漣は電気を消した。

七月になっても、北海道の夜は冷えていたが、酒を飲んだので、すぐ眠れると思っていた。なかなか寝付けなかった。竹原も何度も寝返りを打っていた。

あのバーで、すべての力を使い果たしたかのように、身体は疲れているにもかかわらず、頭の中は冴えまくっていた。竹原や利子や香と同じように、漣も、たぶん誰よりも緊張していたのだろう。香が気に入られるかではなく、今、自分はちゃんと生きているぞと竹原に証明したかったのかもしれない。

「キャンプみたいだね」

香が暗闇の中でつぶやいた。利子の笑う声が聞こえた。どうやら二人も眠れないらしい。

「漣がいるじゃないかと思ったんだよ」

竹原がぽつりと話し始めた。

「親父に、帰って来るなって言われて、もう帰る場所がなくなっちまったと思った時、そうだ。ここには漣がいるじゃねえかって。たったひとつ帰る場所があるじゃねえかって」

「……寝ろよ」

「ま、従兄の家でもよかったんだけどよ」

「たったひとつじゃねえのかよ」

「高校の先輩にも電話したけどな」

「そこは俺だけってことにしとけよ」

「旭川で働いていた時の友達にも連絡してよ」

「まだ続くのか、その話」

「こいつ、中学の時、授業中に腹が痛くなったことがあってさ」

「話に脈略がねえよ」

それから竹原は、子供時代のキャンプのように、暗闇の中で、どうでもいいような、いろんな話をした。漣が授業中に腹痛に襲われた話や、二人で旭川に映画を見に行った時の話だ。漣も、竹原の自転車のチェーンが外れた話や、農園を手伝った時の話をした。葵と弓は出てこなかった。出てこないように、話していたのだ。

香と利子は、竹原と漣の、取るに足らない話を聞いて、笑っていた。

「こんなの初めてです」

利子が笑いながら言葉を発した。

次の言葉を待ったが、次の言葉はなかった。だからなにが初めてだったのかは漣にはまったくわからなかった。利子は心地よさそうな笑みを浮かべていた。

四人のささやくような話し声が深夜のチーズ工房にいつまでも続いていた。

中学生の時、美瑛の花火大会に向かって全力で疾走し続けたあの二人が、それから不器用に世界に立ち向かい、大切なものを失っても、自分なりのスピードで走りながら、ようやく新しい場所に到着したのだ。それは望んでいた場所とは少し違っていたかもしれない。中学生の時には見えなかった風景だっただろう。でもどうにか俺たちはめぐり逢うべき人と出会ったのだ。漣は香たちを見つめた。

東京に帰る時、チーズを持って行って。香が思い出したように言った。

持って行けよ。漣も賛成した。

「うちのチーズは世界一だからな」
香が漣の言葉を聞いて微笑んだのがわかった。
空が白み始めたころ、どうせ眠れないのだからと、香が起き出して、窓をあけた。
七月の朝の風が吹き抜けていった。
同時に、工房のチーズのにおいが辺りを満たした。
毎日通い、身体にさえ染み付いているはずのにおいなのに、漣は全身に吸い込んだ。
なにかが漲ってくるような気がした。
長い間眠っていたどこかの細胞が目覚めたような気さえした。
俺はここでずっと生きていくんだな。漣は立ち上がり、朝の空気を全身に浴びた。
竹原と利子と香が、チーズ工房のにおいが、たまらなくいとおしかった。
漣は心の中でもう一度つぶやいた。
この世界を、今の自分を受け入れる。
俺は、この町で、普通に生きていく。

第二章　横の糸

園田葵　平成二十二年　美瑛

園田葵が生まれたのは平成元年だった。

父親のことはまったく覚えていない。葵が三歳の時、亡くなったからだ。

交通事故。突然の死だったようだ。

父親の写真は見たことがあるが、もう二度と見たくなかった。

あの人……今でもあの人を母親と呼びたくない……あの人が、連れて来る男が、決まって、写真の父親にどこか似ていたからだ。何人連れて来ただろう。見ると違う男になっていたりするのだが、痩せていて、髪がさらさらしていて、眼鏡をかけている人が多かった。決して暴力的なにおいのしない、教養のありそうな男たちだった。勤めていた美瑛のスナックの客だろう。滅多に来ないそんなタイプの男が店にやってくると、あの人は、必ず自分のものにして、家に連れて来るのだ。

どうやら私の家は普通の家とは違うらしい。葵が気づいたのは小学校に入った頃だった。

あの人は病気だったのだ、という認識に辿り着いたのは、大学に入ってからだ。あの人は、精神的な病をわずらっていたのだ。長年の疑問が氷解した。たとえば幼い葵が転んだとする。あの人は冷めた目で葵を見ているだけだ。「大丈夫？」とも、「痛かったねえ」とも言わない。共感能力が欠如しているのだ。幼い葵はどんなに泣いていても、一人で立ち上がらなくてはならなかった。近所に住む後藤弓の母親は、弓が転ぶと、一目散に駆けつける。これが母親というものなのだ。当時、あの人に、優しい言葉をかけてもらえないのは、自分にどこか悪いところがあるからに違いない、と葵は妄信していた。幼い身体でひたむきにあの人を理解しようとしていたのだ。

もう思い出したくもない過去だった。

北海道に戻ってくるのは九年振りだった。

二十一歳の園田葵は、旭川空港に到着した。

私は過去を思い出すために北海道に来たわけではない。葵は自分に言い聞かせた。

今こそ過去を清算するため。そのために来たのだ。

もう十二歳の子供ではない。自分が悪いのだと思い込み、一人、美瑛の丘で流れる雲を見ているだけだった、無力だった当時とは違う。葵は富良野行きのバス停に向かった。あの頃は、流れる雲の向こうに行きたいとさえ思わなかった。その先になにがあるのかも想像すらしなかった。家に帰りたくなかった。それだけだった。ただ雲は平穏に流れていた。

葵は久しぶりの北海道の雲を見上げた。なにも感じなかった。ただの雲だ。そう思っていたのに、風が吹きつけると、葵は十二歳の頃に戻ってしまう。七月なのに、冷気を伴うひんやりとした風だった。子供の頃から何度も体感した、広大な空を駆け巡ってくる北海道特有の風だ。こんな風は、東京にも、ましてや今住んでいる沖縄にも吹かない。

過去は思い出さない。誓ったのに、北海道の風が、忘れようとしたものを次々と運んでくるように思えた。バスに乗り込み、美瑛が近づいてくると、いよいよ止まらなくなった。

いいだろう。今日までだ。今日、私はすべてを清算するのだから。

葵は過去に身を任せた。


あの男が、あの人に連れられて初めて家に来たのは、葵が十二歳の時だった。

いつもあの人が連れて来る男と似たようなタイプの男だった。どうせすぐにいなくなるだろう。家に来る男の人たちは、程なくしてあの人の正体を見破り、やがて消えるのだ。あの男は、他の男たちと同じように、幼い葵に優しく声をかけた。他の男たちは、すぐにあきらめる。葵が興味を示さないからだ。家に来る男は、あの人と男の二人の問題だと思っていたし、あの人も、あなたには関係ないという態度で、紹介すらしない時もあった。あの男は、幼い葵とコミュニケーションを取ることを断念しなかった。くどくどと学校や友達の話を聞いてくる。二人の問題に割り込んではいけない。いつものように黙って部屋に戻ろうとすると、「ごちそうさまはどうした」と睨んだ。声が尖っていた。毎晩違う時間の夕ご飯の時だった。メニューは即席ラーメンが多かった。

僕はね、葵ちゃん、きみと家族になりたいんだよ。三人でこれから生きていきたいんだ。いいか、僕たちは家族になるんだ。家族にはルールがある。ご飯を食べる時はいただきます。食べ終わったらごちそうさまだ。なんできみはそれが言えないんだ。この家に来てからきみは僕をずっと無視している。お母さんを取られたくない気持ちはわかる。でももう三カ月も経っている。そろそろ僕を認めてくれてもいいんじゃないか。そんな態度はないだろう。僕はずっとここにいるんだ。そんな態度は失礼だ。許せない。

葵はなにを言えばいいのかわからなかった。

どうぞ。私のことはいいですから。

気を遣ったつもりだった。顔が熱くなった。殴られたらしいと気づいたのは、あの男の感情が昂（たかぶ）っていたからだ。なぜか髪を執拗にかきあげていた。

きみがいけないんだ。きみがいけないんだからな。

一見優しそうな男の狭量な自意識を刺激してしまったのだろう。

葵は自分の部屋に入った。三畳の狭い部屋だった。あの人の祖母の家だったらしいが、葵はその祖母にもあの人の両親にも会ったことがなかった。殴られた時はまったく痛みがなかったのに、徐々に骨まで痛み出した。手で押さえることしかできなかった。襖があいてあの人がやってきた。葵の前に立つと、あの人は、当然のことのように言った。

「あなたが悪いのよ」


美瑛の駅でバスを降りた。

郷愁はまったくなかった。

あの頃は本当に自分が悪いのだと思い込んでいた。

あの男も、暴力をふるったあとは、必ず葵の悪い理由を述べた。呼んでも笑顔で答えなかった、物が散らばっている、箸の使い方がなっていない。僕はきみのために怒っているんだ。あの男は口癖のように言い、「あなたが悪いのよ」あの人は必ず付け加えた。

あの男は自分の思う通りにいかない現実に苛立っていただけだ。今の葵にはわかる。あの男は旭川の菓子工場に勤めていた。表面はおだやかだった。なのに最初に暴力をふるって以来、声を荒らげるようになった。まるで子供だ。今では葵はあの男になんの感情も抱いていない。憎悪することは、逆に存在が大きく浮かび上がってくるようで、不快だった。今の自分に塵ほどの影響も及ぼさない人物として遺棄したかった。あらゆる記憶の隅から叩きだしたかった。極端に拒絶すること自体、左右されているのだと悟ると、ぞんざいに放置した。自分の人生という物語の中で、たまに見かけるけど、印象に残らない人物という、通行人程度の役を与えた。あなたは、ただのすれ違った通行人です。少し楽になった。いちばん悪いのは、あの男ではなく、もちろん自分でもなく、恋人の暴力が娘に向けられているのに、止めようともしなかったあの人なのだ。

葵は奮い立ち、昔住んでいた家の前に立った。

ひっそりとしていた。表札もなかった。ガラス戸もあかなかった。

人の住んでいる気配が微塵もなかった。

これでは夜逃げ同然でいなくなった十二歳の頃と変わらないではないか。

葵はしばし呆然と立ち尽くした。

口の中で血のにおいがした。通行人役が前面に躍り出ようとしている。葵は逃げるように立ち去った。まだ正面から対峙できないのか。足が震えてうまく走れない自分を責めた。

子供たちの歓声が響き渡った。近くの民家から出てきたのだ。

「ちゃんとお皿洗ってから行きなさい」

村田節子の声が聞こえた。懐かしい声だった。子供たちは走って節子の家に戻っていった。

節子は今も子供たちに食事を与えているらしい。

あの人は、夕食の時間という概念がなかった。思いついた時に、即席ラーメンやもやし炒めのような簡単なものを用意するだけだった。幼い葵は冷蔵庫にあるありあわせの具材で作るようになったが、あの男が来てから、夕ご飯は家族全員で食べるものだと、勝手に台所に立つことを許さなかった。それでいて、自分は旭川で食べてくる。幼い葵はいつもお腹をすかせていた。登下校がたまに一緒になる後藤弓の言葉も、あまりの空腹に、上の空だった。そんな幼い葵を見かねたのだろう。ある日、学校帰りの葵を節子が手招きした。節子は、ご飯と味噌汁と卵焼きとウインナーを作ってくれた。こんなにおいしいものが世の中にあるのだろうか。今でも葵はあの時のご飯が強く心に残っている。涙が滲みそうだった。泣いてはいけない。他人の前で泣いたら、やがて暴力となって返ってくるのだから。節子はなにも言わずに、ただ煙草を吸っていた。お腹がすいている理由を尋ねようともしなかった。心底ありがたかった。節子は独り暮らしだった。夕暮れに染まる部屋で、湯気の立つ温かいご飯が、葵を心身共に温めた。それから節子は、葵のお腹がすいているタイミングがわかっているかのように、家に呼んでくれた。

節子なら、あの人の行方がわかるかもしれない。

このまま帰るだけなら、覚悟を持って、なぜ九年振りに北海道に戻って来たのかわからない。でも足は動かなかった。節子に会ったら、あの時懸命に我慢していた涙を見せてしまうかもしれない。そんな現在のふがいない自分の姿を、節子には見せたくなかった。

葵は、節子の家に背を向け、子供の頃必死に闘った家の前を去って行った。


昔も今も逃げる場所はここだけだった。

葵は美瑛の丘で流れる雲を見渡した。

こんなに自分が動揺するとは思わなった。もう九年も経ったのだ。自分の生きてきた道を見つめ、客観的に理解したつもりだった。

「お母さん、美瑛に帰ってるみたいだよ」

後藤弓から電話が来たのは数日前だった。二十歳の時、渋谷駅の東横線の改札口で再会して、竹原との結婚式に招待された時、葵は弓と携帯電話の番号を交換したのだ。弓には感謝していた。どうやら私の家は普通ではないらしいという疑問を初めて抱いたきっかけは、弓の家族を見たからだった。そして弓はなにも言わず、幼い葵の側にいてくれた。

電話番号を教えてもらっても、自分からかける気にはなれなかった。あのあとの自分の九年間を弓に告白することには躊躇いがあったのだ。ある日突然町から消えた自分を、結婚式に呼んでくれただけで嬉しかった。

弓は、結婚式から一年振りに突然連絡してきた。用件はあの人のことではなかった。いろいろあって携帯電話の番号を変えなくてはいけなくて、今、いろんな人に連絡している。弓は声に元気がなかった。もう北海道には帰りたくないんだよね。いろんなことを思い出しちゃうからさ。今、私は、今までのことを全部リセットしたい気分なんだよ。

「どうしたの？」

電話の向こうで、雨の音がした。東京はまだ梅雨らしい。

自分のことも助けられないのにさ、他人を助けようなんて傲慢な話だよね。いろんな人を傷つけてさ。本当に駄目な人間だ、私って。昔からわかってたけど。

なるようにしかならないと思っても、なるようにならないものもあるんだね。

葵ちゃんと一緒に小学校から帰って来た道が懐かしいよ。うまくいかないよね。うまくいかないことばかりだよね。みんなそうなのかな。

弓は酒を飲んでいるようだった。やがて思い出したように弓は言ったのだ。

「お母さんが見たって言うんだよね、葵ちゃんのお母さんを。美瑛のあの家に帰ってるみたいだよ」

あの人が美瑛に帰っている。葵は十八歳の時、東京の家を出たので、以来、あの人とは音信不通だった。会うつもりもなかった。

「葵ちゃんのお母さん、病気みたいだよ。すごく痩せてるって聞いた。それは葵ちゃんに伝えたほうがいい気がして」

弓から知らされなければ、北海道に戻ってくることはなかっただろう。

迷った末、葵は決意したのだ。

今しかなかった。死んでからでは遅いのだ。死にゆくあの人に会いたかったわけではない。恋人の暴力が幼い娘に向けられていることを止められなかったあの人に、それがどんなに人を傷つけ、影響を及ぼしたのか、理解させたかった。一度でいいから、謝ってほしかった。このまま勝手に死なせるわけにはいかなかった。だから北海道に来たのだ。

今の自分ならできる。過去を清算し、新しい道を突き進むのだ。

でも今の自分は、幼い頃と同じく、美瑛の丘でただ流れる雲を見つめているだけだった。

結局、弓は、新しい携帯電話の番号を葵に告げなかった。

最初から教えるつもりもなかったのかもしれない。過去を忘れたい。北海道には帰りたくない。想いを誰かに話したかっただけのような気がした。

弓にも弓の九年間があったのだろう。

もう弓と交わることもない。あれは弓との別れの電話だったのだ。

弓は幼い頃のたった一人の友達。自分が悪いのだと背負い込み、垣根を設けていたあんな自分の横に、いつもたった一人だけ側にいてくれた友達。

それだけで感謝している。

あの男の暴力が始まってから、葵はひとつのこつを覚えていた。

自分の存在を消すのだ。ここにいるのに、いないように努める。肉体と精神を切り離すのだ。さあ、今日も暴力の時間が始まりました。私は消えます。なにも考えません。どうぞ殴ってください。そんな具合に。

無論、十二歳の子供に完璧な遂行能力はなかった。

まだここにいたい。

美瑛の花火大会が終わっても動かなかったのは、間違った対処方法が徐々に心を蝕み、限界に来ていたからだったのだろう。少しでも家に帰る時間を遅らせたかったのだ。左腕がじんじんと痛んでいた。あの人が吸っていた煙草を、あの男が押し付けたのだ。包帯を巻いてくれたのはあの人だった。優しさからではなかった。学校で外すんじゃないよ。あの人は耳元でささやいた。膨れ上がった痕を誰にも知られたくなかったのだろう。

葵は、爪にはいつも絆創膏を巻いていた。自分を責めていたからなのか、あるいは無意識に不安や恐怖を払拭しようとしたかったのか、爪を噛み続け、自傷行為のようにただれていた。あの人は、他人には絶対見せてはいけないとばかりに、絆創膏を葵に渡していた。弓も節子も学校の先生もなにも尋ねなかった。葵が絆創膏を貼るのも包帯を巻くのも、みんな慣れていたのだろう。もはや誰も関心を示そうともしなかった。

本当にこのまま消えてしまいそうだった。

自転車が空を飛んで来たのはその時だった。

自転車はたしかに空を飛んでいた。どこまでも遠くに飛んでいた。夜空の星がきれいだった。草原の土手を転がってくる少年に気づいたのはそのあとだった。少年は、本当は痛くてたまらないはずなのに、恥ずかしそうにしていた。我慢する必要はないのに。葵は空から降って来た少年を見つめた。絆創膏を差し出した。

「大丈夫？」

少年は言った。自分のほうが傷だらけなのに、葵の包帯を見て言ったのだ。

私は存在している。この包帯が見える人がいる。

大丈夫？　と心配してくれる人がいる。

それが高橋漣との初めての出会いだった。

自転車は空を飛んでいない。

ころころ転がって来ただけだ。翌日、弓は笑っていた。見えていたものが葵と弓とでは違っていたようだ。でも自転車は絶対空を飛んでいた。今でも葵は確信している。あの竹原って奴、うざいけど、まあ悪い奴じゃなさそうだから、教えちゃったんだよね、携帯番号。弓が言った。葵ちゃんのことも喋っちゃったから、会いに来るかもよ、あの自転車男。

果たして、漣は中学校の帰り道にいた。

「偶然だね」

漣が笑顔を向けた。隣にいた弓が吹き出していた。

あの時、漣がいなければ私は壊れていただろう。

二十一歳になった葵は漣の笑顔を思い出す。ひんやりとした風が吹き抜けた。

漣は、全身の無邪気さで、普通であることがどういうことなのか教えてくれた。

「将来は、やっぱり国立競技場で試合がしたい。そんで日本代表になって、世界で活躍したい。世界中を飛び回って生きる」

漣ならできる。心から思った。

今、自分は異常な状況にいる。漣のいる世界が普通なのだ。そうに違いない。

「私は普通の生活がしたい。世界になんか行けなくていいから」

葵は、初めて他人に、自分の心持ちを話した。

自分なりにあの世界と闘う決心をしたのかもしれない。

不規則な夕食の時間に間に合わないことは、その頃の葵にとって、暴力を受けることを意味していた。漣のサッカーの試合を見に旭川のグラウンドまで出かけると、怖れていたことが起こる。構わない。腹を据えた。節子の家へ走った。「料理の仕方を教えてほしい」と頼んだ。節子のあのおいしい料理を漣にも食べてほしかったのだ。誰かのためになにかを作ることは、心が弾むものだということを葵は初めて知った。いつも自分の空腹のことしか考えていなかったのだ。その帰り道だった。「俺、葵ちゃんのことが好きだ」漣が告白してくれた。この人なら、今の自分を救ってくれるかもしれない。「帰りたくない」漣のシャツを摑んだ。

美瑛の丘に佇んでいた二十一歳の葵は立ち上がった。

これでは、誰かに救ってほしいと願っているだけだった無力な自分と同じではないか。爪を噛んでいたあの頃と変わらない。だから漣を傷つけてしまったのだ。十二歳の少年ができることは限られているのに、葵は救済を望んだ。東京で再会した漣は、なにも気にする必要はないよ、俺はちゃんと生きているから、と全身で語り掛けてくれているようだった。あの時のことが傷として残っていることは明白だった。

葵は、ちゃんと伝えたかった。

大丈夫だよ、漣。私は大丈夫。

東京に来てから九年間、無様だったかもしれないけど、自分の力で生きて来た。

水島のおかげで大学にも行けた。

大丈夫。私はもう大丈夫。

なんで伝えることができなかったのだろう。

葵は走りだした。ここで雲を見ているだけだった自分はもういない。

私は生きて来た。なりふり構わず生きて来た。今日は過去を清算しに来たのだ。

この町に戻ってきたというあの人の消息を追うのだ。でもどこに行けばいいのか。

帰りたくないと葵が漣を困らせた日、家に戻ると、児童相談所の人たちがいた。彼らが訪ねて来たのは三回目ぐらいだったと思う。きっと節子が連絡してくれたのだろう。外面のいいあの男と、そういう時は気が回るあの人の言葉に、頼りなさそうだった児童相談所の人たちも、その日は、葵を一時保護すると譲らなかったが、家族を引き離すのかと、あの人が激しく泣きわめき始めると、断念し、明日もう一度来ますと帰っていった。明け方になると、あの男は誰かに借りてきた車で、葵とあの人を連れて札幌に向かっていた。

札幌ではなかなか学校には行けなかった。夜逃げ同然だったので、住所変更をしていなかったからだ。結局札幌の中学校に通うことになったのだから、あの人がひっそり美瑛に戻ってきて、手続きをしたのかもしれない。

そうだ。役場に行けば、あの人の消息もわかるかもしれない。

葵は美瑛町役場に向かって走りだした。


漣が札幌に来てくれた時は驚いた。

もう二度と会えないと思っていたからだ。

あの人はススキノの飲み屋で働き始め、あの男は仕事をしていなかった。おまえのせいでこうなったんだ。酒に溺れていたあの男は、今まで一度も殴らなかった顔面に初めて拳を向けた。だから葵は眼帯をしていた。

「それ、転んだことにしなさいよ」

ロッジで捕まった時、あの人はささやいた。暴力が発覚するのをこの期に及んでも怖れていたのだ。娘がいなくなったと警察に通報したあの人は、冬季は人がいないはずの遠い町にあるキャンプ場のロッジに、薪ストーブの灯り(あか)を見たという通報があったことを知ると、私も行きますと、スーツを着た私服刑事についていったらしい。夜、ロッジで目覚め、眠っている漣に毛布をかけた頃、未成年者が侵入していることを、おそらく地元の警察官たちが確認していたのだろう。髪型と服装と眼帯が一致したのだ。そして二人は引き離された。

でもあの人の怖れていたことは、漣との逃避行で、ついに露見した。

眼帯の下に見える痣はなにかと私服刑事に問われると、あの男は、翌日、荷物を持っていなくなった。暴力に耐える日々は呆気なく終わった。一人になったあの人は、虚脱していたが、しばらくすると東京に行くからと、葵を連れて千歳空港から飛行機に乗った。

それからの日々を、漣に話したかった。なぜあの結婚式の時、話せなかったのか。

「葵ちゃん！　葵ちゃん！」

ロッジの外で大人二人に押さえつけられ、涙を流していた漣を思い出す。

「園田は？」

二十歳になった漣は葵を名字で呼んだ。ちょっと悲しかった。

葵は町役場の相談窓口の番号を取った。

心の中にいる漣に話しかけた。

漣がいたから私は生きて来られたんだよ。大丈夫？　と言ってくれた漣に会ったから。生まれて来てよかったと初めて思えたんだよ。これからどんなことがあったとしても私はあの時のことを忘れない。異常であることもわからず、自分が悪いのだと理由を探し、限界が来て、存在さえも消そうとしていた自分を助けてくれたのは、高橋漣、あなたでした。

もう私は大丈夫。私は大丈夫。できるならそう伝えたい。

「園田？」
という声が聞こえても、自分の心の中の漣の声だと錯覚してしまった。
今、ずっと漣のことを考えていたのだから。
自転車で空を飛んで来た時もそうだった。
あなたはいつも私のピンチに必ず現れる。なにかの糸に導かれるように。
二十一歳になった高橋漣が、葵の顔を覗き込んでいた。

園田葵　平成二十二年　美瑛〜函館

どうして漣がここにいるのだろう。

現実の高橋漣を認識しても、葵は不思議そうに見ているだけだった。

漣の家は上富良野であり、美瑛の町役場には用はないはずだった。

「どうして、ここに？」

聞いたのは漣のほうだった。至極当然の疑問だった。何年も前に夜逃げ同然でいなくなった人間が、その町の役場に座っていたのだから。漣は左手に紙を持っていた。なにかの届出用紙だった。記入している時に、葵を発見したようだ。

相談窓口の人に番号を呼ばれた。あの人の住んでいた住所を言い、消息を尋ねたが、結局わからなかった。椅子に座って待っていてくれる漣のほうが気になって仕方がなかった。

「お母さん、どうかしたの？」

話を聞いていたのだろう。漣が尋ねた。

結婚式で再会して以来だった。漣は少し大人になっているように見えた。あの時の漣は過剰に今の自分を演出していたように感じられた。今日は違う。どこか落ち着きがある。

役場の外に出た。七月の風が吹き抜けていった。もうすぐ北海道は最高の季節になる。

葵は、あの人が病気だと知り、北海道に戻ってきた事情を話した。

家に行ってみたが、誰もいなかった。人の住んでいる気配がなかった。

「私、子供の頃、あの人の恋人に暴力を受けていた」

漣の前で葵は吐露した。

「でも、そんなことを引きずって生きていたくない」

もう十二歳の少女ではない。ちゃんと自分の言葉で伝えることができる。

「悪いのは、恋人の暴力が娘に向けられているのに止められなかったあの人。それを、一度でいいから謝ってほしかった。だから北海道に来た。あの人に会いたくて来たんじゃない」

そう。私は伝えることができる。葵は漣を見つめた。

しばらく漣は黙っていた。なにかを考えているようだった。

今の漣を巻き込みたいわけではない。伝えたかっただけだった。

あの頃の自分ではないということを。

「親戚はいないの？」やがて漣が尋ねた。

考えてもみなかったことだった。

あの家が、あの人の祖母の家だったことは知っていた。でも葵はあの人の母にも、その両親にも会ったことがなかった。家族と断絶して生きて来たのだろう。ただ一度だけ、あの人は、誰かの車を借りて、葵を函館に連れて行ったことがあった。七歳の時だったと思う。海沿いだった。男は昆布を干していた。あの人が連れてくる恋人のタイプの男ではなかったので、印象に残っている。汗臭く、酒で顔がむくんでいた。少し危険なにおいのする男だった。

あの人は男に言った。

「兄さん、久しぶり。これ、私の子供」

葵が会った、たった一人の親戚と呼べる男だった。

あの人と、兄さんと呼ばれた男が話している間、葵は石が多い砂浜で遊んでいた。

遠くに灯台が見えた。思いついたままを葵は話した。

「行こう」

漣が突然歩き出した。

葵は立ち尽くしたままだった。漣がなにをしようとしているのかがわからなかった。

「行こうよ、函館。車、あるんだ」

駐車場に車が停まっていた。新車だった。

「八年ローンだよ」聞いてもいないことを漣は答えた。

漣は助手席のドアをあけた。漣が函館のおじさんの家に連れて行こうとしていることがようやくわかった。

「いいよ。漣くん、仕事とかあるでしょ」さすがに躊躇（ためら）われた。

漣は助手席をあけたまま、空を見上げた。必死になにかを言おうとしていた。東京で再会した時とはやはり違った。漣もまた、あの頃の自分ではない自分を、今の素直な言葉で、ひたむきに伝えようとしているのがわかった。

「俺、チーズ工房の女性と、美瑛で一緒に住むことになってる」

漣には漣の人生があるのだ。もうあれから九年も経っているのだから。

「転入届を出しに来たんだ、ここに。でもそんなことはいつでもできる。俺、あれから、あんなことはなんでもないような振りをして生きて来たけど、なんでもなくはなかったんだ。なんでもなくはなかったんだよ」

涙が出そうになった。

「でも今は大丈夫。俺は大丈夫。この町で普通に生きていく覚悟を決めたから」

普通に生きたい。十二歳の頃の葵が切実に願っていたものだった。

「だから、今なら、できると思うんだ。ちゃんとした今の生活があるから。だから、俺も過去を清算したい」

漣は言葉を精一杯に探しながら続けた。

「終わらせようよ。あの時、引き離された場所から。すべてを終わらせよう。俺の中でもまだ終わっていないものがあるんだよ。今の生活を続けるためにも」

そして漣はもう一度言った。

「終わらせよう」

漣の車は富良野方面に向かって走りだした。

二人でまたどこかへ行くなんて、考えもしなかった。そもそも再会するとは思っていなかったのだ。漣は昔、上富良野在住で、美瑛は隣町に過ぎなかったのだから。

でも、本当によかったのだろうか。思わず助手席に乗ってしまったが、現在の漣に迷惑をかけていないだろうか。葵は少し不安になった。

「大丈夫」漣は言った。「函館は行ったことないけど、昔、よく車で北海道を走り回ったんだ。いろんなところへ行ったよ。なんだかわからないけど、夜通し走ってた。札幌、洞爺湖、苫小牧あたりまでなら行ったことがある」

葵が車の運転を心配して、不安な顔になっていると誤解したようだ。

北海道を走り回っていた漣は、どんな心境だったのだろう。なにを求めていたのだろう。葵がなんとか大学に行きたくて、必死にお金を稼ごうとしていた時期と同じだろうか。

そんな人生も、もしかしたらあったのだろうか。夜逃げすることもなく、美瑛で高校を卒業して、漣の車で夜通し北海道を走り回る。この地で漣と普通に生きていく生活。

助手席が心地よかった。外車に比べればエンジン音がうるさく、ボディには厚みがない。でもやけに落ち着ける場所だった。久しぶりに心が安らいだ。

葵は運転している漣に目をやった。

漣と車で北海道を走り回りたかった。

中学生の時はいろいろたいへんだったけど、まあなんとか生きてきて、今はささやかだけど普通の人生を二人で歩み始めてるよね。そんな時を楽しみたかった。

「チーズ工房はこのへんなの?」

葵は尋ねた。東京で再会した時、チーズ工房で働いているという漣の言葉を、葵は覚えていた。漣は答えなかった。なぜか黙っていた。チーズ工房の彼女のことを思い出してしまったのだろうか。北海道を走り回っていた時、助手席にいたのはその彼女だろうか。葵は彼女が羨ましかった。もしかしたらあったのかもしれない、漣とのもうひとつの人生が、すでにもう失われていることを悟った。漣は別の人生を歩み始めている。

もう時は過ぎ去ってしまったのだ。

葵にも葵の生活があった。いずれ沖縄に戻らなければならない。戻るべき場所がある。水島の顔が浮かんだ。

本当にそこは戻るべき場所なの？　葵は首を振って、想念を追い払った。

「冷たかった」

漣がぽつりとつぶやいたのは、トマムから高速道路に乗った時だった。右側に改装中の大きなタワーが見えた。

「あの時の、園田の手」

そんなところにいちゃ駄目だ。眼帯をした十二歳の葵の手を摑んだ漣を思い出した。初めて漣の手を握り返したあの時、葵は後先も考えず、ついていった。ここにいてはいけない。この人と一緒に行こう。存在さえ消そうとしていた葵が、初めて自ら選択した行動だったのかもしれない。

「痛かった」

葵は言った。

「あの時の漣くんの手」

ロッジの朝。そう言えばあの時も函館に向かっていたはずだ。十二歳の漣は、葵の手をすこぶるきつく握り締め、旅立とうとしていたのだ。

十二歳の時、放出した自分の想いが蘇ってきた。

今の漣の彼女には申し訳ないけれど、今日だけです。葵は心の中でつぶやいた。今日だけは、あの頃の想いに浸らせてください。

十二歳の二人が、手を取り合って世界に立ち向かった、あの時の想いに。


漣は高速道路を途中で降りて、あのロッジに車を停めた。

終わらせようよ。あの時、引き離された場所から。漣は言った通り、この場所に戻ったのだ。雪が降っていないので、初めて見るような光景だった。近くに小さな湖も見えた。釣りをしている人もいた。キャンピングカーが何台か停まっていた。あのロッジの形は覚えていた。多少老朽化したが、変わらずに鎮座している。

戻ってきました。黙礼する自分がおかしかった。

車を降りて、ロッジの近くに行くと、漣が指をさした。

玄関に防犯カメラが設置されていた。

「夜中に侵入する奴らがいるんだろうね」

漣が笑顔を向けた。私たちのせいだろうか？　葵は漣の冗談に笑えなかった。

「見て」漣がまた指をさした。

一部を壊して叩き割った窓だった。今は修理されている。もう何年も経っているのだから、あたりまえだ。窓全体を直したのか、幾分厚くなっているような気もする。

「弁償したんだ」漣は打ち明けた。

そんなことは無論、葵は知らなかった。窓の一部を壊したことを、十二歳の漣はなにより気に掛けていたらしい。十二歳の漣にとって、初めての『犯罪』だったからだ。僕が弁償します。引き離されたあと、漣は警察官たちに、真っ先に意思を伝えたという。十二歳の女の子を連れだした理由を、警察官たちは知りたかったようだ。でも漣は、葵を連れだしたことは微塵も悪いと思っておらず、窓を壊したことだけを憂慮していたらしい。

「怒られた？　警察官の人に」

「全然。すぐ家に帰って来られたし」

「お父さんとお母さんは？」

「怒られた……と思うけど。大丈夫。あの人たちは」

「本当に？」

「本当に。あの警察官の人たちも、あんまり怒らないでやってくださいって笑ってたし。結構、いいおじさんたちだったんだよ」

漣は笑っていた。「でも……」と突然口元を歪ませた。

「力ずくで押さえつけられるのは今でも嫌いだ。そういうことをする人間は、たとえいい人だったとしても、今でも大嫌い」

雪の上に押さえつけられた十二歳の漣がまざまざと瞼に浮かんだ。心の痛みとして今もなお残っている漣の横顔が悲しかった。二人が引き離された場所で、キャンプに来ていた幼い子供たちがはしゃぎまわっていた。子供の両親が目を細めていた。

「私も嫌い。暴力をふるう人間は大嫌い。どんな理由があったとしても」

七月のひんやりとした風が吹きぬけていった。二人は同じ風の中にいた。

葵は、漣の知らない、あのあとのことを話した。

あの人が、娘がいなくなったと警察に連絡し、このロッジに未成年の不法侵入者がいるとの通報があり、私服刑事についていったこと。

「だからお母さんが来たのか。なんでこの場所を知ってるんだろと思ってたんだよ。ああ、そうか。長年の謎が解けたよ」

「眼帯してたから、特徴が一致したみたい」

漣が葵を見た。当然今は眼帯をしていない。

葵は視界の塞がれていない両目でしっかりと漣を見つめた。

自分の話をしなければいけない。今こそ絶好の機会だ。

漣と引き離されて、札幌のアパートに戻ったあと、葵の眼帯の下の痣のことを私服刑事に問われたあの男は、翌日いなくなり、葵は暴力から解放された。

「あのあと、札幌のアパートに行ってみたんだ。親父たちには警戒されちゃって、なかなか行けなかったから、春になってからだけどね。そしたらもう誰も住んでなかった」

その頃はもう葵は東京にいたはずだった。

漣の運転する車は再び高速道路に入った。

葵はあのあとの自分の人生を漣に語り始めた。

「東京に知り合いがいるから」

あの男が逃げ出して、放心していたあの人は、ある日そう言って、北海道を出た。知り合いを頼って訪れた場所は、東京でも、外れの町田市だった。どんな知り合いだったのかはすぐにわかった。あの人は、美瑛と札幌の時と同じように、飲み屋で働き始めたのだから。アパートを借りると、即座に男が転がり込んできた。あの人は男がいないと生きていけないのだ。あの人が連れて来た男はまた同じタイプだった。男は数カ月単位でころころと替わり続けた。暴力こそなかったが、北海道とまったく変わらない生活だった。でも、慣れない東京郊外での生活の疲れか、あるいはもうそうそう男を替えられるほどの若さがなくなったのか、次第に頻度は減っていった。十代と思われる男に入れ込んだ時には、ババア死ねよと罵倒されていた。若い男は、葵に色目を使った。アパートから逃げた。なんだおまえまだ中学生かよ。でも大丈夫だぞ、うちの店で働くか？　若い男のにやにやした顔が脳裏にこびりついた。二度と会いたくないタイプの男だった。

小田急デパートや仲見世商店街をうろうろしていたら補導されそうになった。団地の公園も、境川沿いの道も夜は危険なにおいがした。大きな国道に出ると、トラックが唸りをあげて何台も通り過ぎていった。身がすくんだ。結局、中学校の体育倉庫の裏で時間を潰した。東京郊外の街に、どこにも自分の居場所はなかった。

あの人は精神を病んでいた。壁に向かってぶつぶつつぶやいている姿を見たこともある。なんとか高校には行けた。あの人は、家に帰って来ない日が増えた。酔い潰れているから迎えに来てと、東京に呼んだ知り合いの女性から電話がかかってきたこともある。無視していると、一週間も帰って来なかった。

肝臓をやられて入院していたと知ったのは、しばらくあとのことだ。

授業料を滞納した。高校だけは卒業したかった。本当は大学にも行きたかった。でも明日のご飯さえ困っていた。心を閉ざしていたからだろう、友人は一人もいなかった。黙って側にいてくれる人も、そんなところにいちゃ駄目だと手を握ってくれる人もいなかった。

全部一人で解決しなければいけなかった。

葵は鏡を見た。あの人にだんだんと顔が似てきたように見えて、悲しくなった。

このままではあの人と同じ人間になる。

高校を卒業して、大学に入れば違った人生が送れるかもしれない。いや、そうしなければ、ここは行き止まりだ。誰も助けてくれる人はいない。自分の人生は自分で切り開かなければならない。今、大事なのはお金を貯めることだ。

そんな時、あの人の化粧道具が目に入った。

「そんなところにいちゃ駄目だと思った」葵は漣に言った。

「生きていくためには、年齢をごまかすしかなかった。だから……キャバクラ」

漣が葵を見た。車の走る音だけが聞こえていた。

黙っていることもできたかもしれない。あの時連れだそうとしてくれた漣には、本当の自分を知ってほしかった。

「こう見えてもお酒強いんだよ」

嘘だった。酒は決して強くない。あの人と違う人生を歩みたかったのに、あの人と同じような職業を選んだ自分がおかしかった。でもあの時は、明確に、大学に行くという目標があったし、一時的なことだと自分に言い聞かせたのだ。地元では高校にバレるかもしれないので、時給の良かった渋谷を選んだ。今日の食事代の半分を電車賃にあてて、小田急線と井の頭線を乗り継ぎ、初めて渋谷に行った。胸の鼓動が速くなった。扉をあける手が最高潮に震えていた。精一杯の派手な服装をして行ったが、今思えば田舎者丸出しだった。履歴書はでたらめで経験もまったくないのにすぐさま採用された。体験入店ということで服も貸してくれた。なにも話せなかった。いるだけでいいと言われたが、本当にいるだけだった。やはり自分には向いていない。痛感した。店が終わると、終電間際だった。その店で働いていた高木玲子が声をかけてくれなければ、あの世界に二度と足を踏み入れることもなかっただろう。井の頭線の渋谷駅へ走る葵を、玲子が呼び止めたのだ。

最初は誰だってそう。私もなにも話せなかった。

玲子は、葵を慰めようとしたのだろう。

やっぱり駄目でした。そもそも人と話すことが苦手なんです。葵は正直に打ち明けた。

そんな人ばかりだよ、ここは。そういう人のほうが長続きするの。コミュニケーション能力に長けている人のほうが駄目なの。自分の話ばかりするから。聞いていればいいんだよ、客の話を。私も最初はそうだったから。玲子は、終電間際で焦っていた葵に、うち、下北だから、来る？　もっと話そうよ、と誘ってくれた。玲子には葵と同じぐらいの年齢の妹がいて、葵に妹の面影を見たらしい。和歌山に住んでてね、すごくいい子なの。汚したくないっていうかさ。妹のことを語る時、玲子はなぜか涙が滲んでいた。葵の身の上を聞かずに、よかったら一緒に住む？　と玲子は誘ってくれた。望外の喜びだった。高校は電車で通い、なんとか卒業した。大学に行く金も、勉強も中途半端だったので、受験は来年を目指すことにした。

その頃から、もうあの人に会っていない。

「私はあの人を捨てた」葵は言った。

あの人が北海道に帰っているとは思ってもみなかった。

玲子の言う通り、キャバクラにはすぐ慣れた。幼い時と同じように、自分の存在を消し、客の話を聞き、時折、相槌を打てばいいのだ。そこに自分はいなくていい。さあ、仕事の時間です。私はここにいません。話を聞かせてください。

慣れてしまう自分も恐ろしかった。あの男を連想してしまう、暴力のにおいのする嫌な客もいた。そんな時は玲子が助けてくれた。東京で初めての友人だった。大切な友人だ。いつまでもこんなことばかりはしていられないからさ、と、玲子は中目黒のネイルショップで働き始めた。将来はネイリストになるんだと微笑んだ。玲子に爪をネイルしてもらった時、子供の頃噛みすぎてただれていた爪がきれいな色に変わっていくのを見て、感動したのを覚えている。だから玲子と一緒に、ネイルショップで少し働いた。そこの稼ぎだけでは、食べていけないので、キャバクラは続けた。

それが、漣とロッジから引き離されたあとの葵に起こった出来事だった。

うまく漣に話せたかどうかわからない。話はいろんなところに飛び、時系列もぐちゃぐちゃだった。物語として話せていなかった。まだ客観的になれていないのだろう。しかもまだ終わりではない。水島の顔が頭に浮かんだ。

大学に行きたい。念願し、頑張って勉強もしたが、流されるように毎日を送り、このままではいけないと焦っている頃、客としてやってきたのが水島大介(だいすけ)だった。

「あの、ベンツの?」

黙って聞いていた漣が声を発した。

葵はうなずいた。結婚式の時、水島は迎えに来た。まだ水島は自信に満ちあふれていた。

水島とのことだけは、漣に話したくなかった。

「それから……いろいろあって、今は沖縄にいる」

「沖縄……」

「遠いところへ行っちゃった」

車は高速道路を降りていた。遠くに駒ケ岳が見えた。

「すごい九年だね」

漣はフロントガラスの向こうを凝視していた。

「俺なんか、なにもしてなかったよ。あの時、引き離されて、どうせ俺はなにもできないんだって、どこか心の中で思ってて。周りの人にはわかってるのに、なんでもない振りを装って……。なにもしてない。俺はなにもしてなかった」

それ以上漣がなにかを言うと、涙が出そうだった。

「大丈夫だから。もう大丈夫だから」

笑顔を作ってみた。ちゃんと作れていたかどうかはわからない。

電話が鳴った。漣はスマホを見た。東京で会った時はたしか二つ折りの携帯電話だった。新しく買い替えたのだろう。漣は画面を見ると、スマホをポケットにしまった。

「いいの？」

「うん」

漣はアクセルを踏み込んだ。函館はもうすぐそこだった。葵は、スマホを取り出した。水島からの着信はなかった。漣が葵を見た。葵のスマホをじっと見ている。でも前方に視線を移した。たぶん、今、漣と同じことを考えていた。スマホで繋がることができるなら、世界中どこにいても話せる。メールもある。どこにいても繋がることができるのだ。互いの番号さえ知っていれば。
葵は漣の番号を聞くことはできなかった。漣もきっとそうだろう。
これはあの時のことを終わらせる旅であり、このあと二人は別々の人生を歩むのだ。
それぞれの場所でそれぞれの大切なものがすでにあるのだから。

矢野清　平成二十二年　函館

最初は妹が訪ねて来たのだと、我が目を疑った。

そんなことが起こるはずはなかった。だが若い男と車でやってきた女性は、二十代の頃の妹にそっくりだった。遠くからでもわかった。

矢野清（やのきよし）は、自分のほうに近づいてくる女性を注視した。

天日乾燥した昆布を回収し終えた時だった。昆布漁は今が最盛期だ。

「葵……か？」

清の言葉に葵はうなずいた。やはり間違いなかった。妹、真由美（まゆみ）の子供だ。まだ葵が幼い頃、真由美が一度連れて来たことがある。その頃から、清の生活はまったく変わっていない。この仕事にありつけて感謝している。自分の人生にとって最大の僥倖（ぎょうこう）だった。今は四十四歳になっているが、一度も家族を作ったことがない。そういう生活を送るだろうということは、子供の頃からわかっていたような気がする。

あの両親の元で生まれたのだから。

今ならわかる。あいつらは親の資格がなかっただけなのだ。二人ともまだ十代で結婚し、生まれて来た子供より、自分の人生を楽しむことを優先したのだ。それなのに、清だけならいいが、妹まで産んだ。あいつらは子供たちを放置した。最近、ネグレクトという言葉をテレビで聞いたが、まさしくネグレクトだった。互いに恋人もいたようだ。父親が帰って来なくなった。母親も恋人の家に住み、たまにパンを買ってくるだけだった。まだ生きてたの？言葉にこそしなかったが、そんな母親の顔が脳裏に焼き付いた。本当に、どうやって生きて来たのか、記憶は曖昧だ。児童相談所は今ほど機能しておらず、存在さえ清は知らなかった。幼い兄妹はいつも家に残された。

だから兄の清が、妹の面倒を見た……わけではなかった。清も真由美を放置した。自分以外の誰かを思いやるという感情を知ったのは、二十歳の頃、飲み屋の女と付き合った時だった。ある日、「あんたおかしいよ」と、女は震えるような声を出した。優しい言葉をかけられると、そんなはずはない、俺にそんなことが起こるはずはないと、なぜか感情がほとばしり、身体中から熱い物がこみあげ、なにかに転化しないと粉々に自分の身体が吹っ飛んでしまうような気がして、壁に頭を何度も叩きつけるのだ。

女と初めて寝た時も、あまりの幸せに、こんなことが俺に起こるはずがないと、また体内から蛆（うじ）のように暗い感情がじくじくと湧き起こり、女の首を絞めていた。俺はおかしいのだ。二十歳になって清は初めて自覚した。高校は行ってなかったし、もうその頃には自分の人生は決定的になにかがすでに失われているような気がしていた。この人生は失敗だ。二十歳にして思った。

その時、真由美がなにをしていたのか、なにを考えていたのかはわからない。気づいた時には家からいなくなっていた。

清が三十歳になろうとしていた時、真由美が幼い葵を連れてきた。

十年振りの再会だった。

「兄さん、久しぶり。これ、私の子供」

清は、長年妹といたはずなのに、初めて真由美の笑顔を見た気がした。

俺に近づくな。清は真由美を突き放した。俺のことも、両親のことも忘れろ。おまえがその普通の幸せを得るために、どれだけの想いで生きて来たのかは俺がいちばんよくわかる。ここにはなにもない。ただその小さな幸せだけを見つめろ。

真由美は、必死に涙を堪えていた。

よく考えれば、幼い頃、真由美が泣いているのを見たことは一度もなかった。いつも壁を凝視していた。瞳の向こうになにが映っていたのか。清は自分のことに精一杯で、想像すらしなかった。

十数年後、一カ月前に、真由美は再び清の前に姿を現した。

見た瞬間に、病気だとわかった。目がくぼみ、痩せ細り、死相が漂っていた。

「兄さん、ここで死んでいい？」真由美は言葉を絞り出した。

聞けば、夫は、七歳の葵を連れて来た時には亡くなっていたらしい。交通事故。突然の死だったようだ。この世界もまんざら悪くないと教えてくれた人だった。真由美は少女のような顔で微笑んだ。知らなかった愛情というものを教えてくれた人だった。あの人が亡くなった時、もう私の人生は終わっていたんだよ。

真由美は、家を出たあとの人生をぽつぽつと語り始めた。

清が家に寄りつかなくなり、一人になったまだ高校生の真由美は、救いを求めて、自分たちを捨てた母親に会いに行ったらしい。そいつはとっくに別の家族を作っていて、真由美をあからさまに邪険にした。ここしか行くところがないと叫ぶ高校生の真由美に、母親は、亡くなった母親、真由美の祖母が住んでいた美瑛の家を譲ったらしい。最初から住むつもりもなかった家だった。そうして真由美は、一度も会ったことのない祖母が住んでいた家に引っ越し、観光ホテルの厨房でアルバイトをしている時、夫になる男と出会ったのだ。夫が亡くなったあとは、札幌や東京にまで行ったらしい。頭の中に浮かぶのは、幸せだった夫との四年間だけだった。その四年があったから私は生きて来られた。病気になった時も、あの家で死のうと美瑛に帰って来た。でも一人でいると、両親が帰って来るのを待ちわびていた幼い頃の光景が蘇ってしまう。私は誰かが近くにいないと駄目なの。存在が消えてしまいそうで、頭がおかしくなるの。だから兄さん、最期は側にいてくれる？　子供の頃と同じように。私は兄さんがいたから生きて来られたんだよ。

真由美になにかをした記憶は清にはなかった。自分のことしか考えていなかった。でも今こそ、手を差し伸べるべきだと決意した。

そうして真由美は最期の時を、清と二人で過ごした。

「肝臓だ。先月だったかな。俺のところに突然やってきた時には、もう体がぼろぼろでよ。十年は会ってなかったけど、一応、妹だしな。……遺骨、持って行くかい」

清は自分のアパートに、葵と連れの男を呼び、伝えた。

遺骨は置いたままだった。墓を作る気にもなれなかった。まだ真由美の側にいたかった。あんな両親の元で生まれた真由美は、たった一人で世界に立ち向かい、ぼろぼろになりながら、最期はこんな俺の元に帰って来たのだから。清は骨壺を見つめた。

真由美は葵のことは話さなかった。

どこかで生きてるでしょ。生きていけるわよ。私だってどうにか生きて来たんだから。そう言っただけだった。さらになにかを言いかけたが、口を閉ざした。真由美は幼い頃と同じように、しばらく黙って壁を見つめていた。

「あの人たちって……私のことが嫌いだったのかな」

そして、両親のことを思い出し、ぼそっとつぶやいた。瞬間、真由美の目に涙があふれた。幼い頃、堪えていた想いを洗いざらいぶちまけるようにいつまでも泣き続けていた。想いを知っているのは清だけだった。

葵は、骨壺を見て、凝然と立ち尽くしていたが、やがて首を振った。

真由美という母親に対する、葵の想いが瞬時に伝わった。骨さえ受け取りたくないのだ。

真由美の気持ちをわかってくれとは言えなかった。どんな境遇で生まれても、誰からも愛情を受けられなくても、身体から湧き起こってくる否定的な感情を抑えて、懸命に生きている人間もいる。今の清がそうだ。二十歳の頃、自分はどうやらおかしいと気づいてから、一度も誰かを暴力的に傷つけたことはない。自分自身の感情を殺し続けた。放っておけばたぶんいつか俺は人を殺すだろう。清はわかっていたからだ。絶対に誰も傷つけないで生きていく。この世界の住人になりきる。それが四十四年生きて来た、他人から見ればクソみたいな矜持であり、俺の人生だ。

葵は、突然、走り去った。

連れの男が追って行こうとしていた。

「おい」

男を止めた。余計なことだが一言言わせてほしい。

こんな人間の言葉に説得力はないだろう。でも言わせてくれ。

清は、葵の連れの男を睨むように見た。

「あの子を頼むぞ」

園田葵　平成二十二年　函館

葵は函館の海を眺めていた。

背後から漣が近づいてくるのがわかった。

涙だけは見せたくなかった。

「大丈夫？」

漣が言った。思わず涙が出そうになった。必死に堪えた。

「初めて、漣くんと会った時、私になんて言ったか覚えてる？」

葵はわざと明るく話しかけた。声は震えていたかもしれない。

「大丈夫？　って言ったんだよ。私の腕の包帯を見て、大丈夫？　って」

葵は漣を見つめた。漣は昔と変わらない真っすぐな瞳だった。

「漣くんといる時がいちばん楽しかった。生まれてきてよかったって初めて思えた」

ちゃんと伝えることができた。漣は生きているのだ。伝えることができる。

「ごめんね。あの時、守れなくて」

漣も必死に想いを言葉にしようとしているのがわかった。

「あの時、手を離しちゃって。本当にごめん。俺、それだけは言いたくて……」

そんなことは言ってほしくなかった。

「なんで漣くんが謝るの？」

語気が強くなっていた。悪いのはあの人だ。もうこの世にいないあの人だった。

「勝手に死んじゃって」

吐き捨てるように言おうとしたが、声は自分でも驚くほど小さかった。

「一度でいいから謝ってほしかった」

その声も消え入りそうだった。

「でも、本当は、一度でいいから、抱きしめてほしかった」

恥ずかしいほど声を張り上げていた。自分でも驚いた。本当の気持ちはそうだったのかもしれない。言葉にして初めて気づいた。美瑛の丘で流れる雲を見ていた時も、あの男に殴られて部屋にこもり、襖があいた時も、望んでいたことはひとつだったのだ。

一度でいいから抱きしめてほしかった。

お母さん、私は、それだけを望んでいたんだよ。

涙が突き上げた。漣の前では絶対見せたくなかった涙だった。必死に我慢しても、とめどなくあふれてくる。悔しかった。十二歳の少女の頃に戻っていた。無力だったあの頃と変わらない自分がいる。そんな姿を漣にだけは見せたくなかった。

その身体は温かかった。

切実に待望していたものに抱かれているかのようだった。

背中に回した手に力が入っているのか、少し痛かった。このままここに包まれていたい。

懐かしいにおいがした。

葵は我に返った。

葵を抱きしめていたのは漣だった。すぐ近くに漣の顔があった。

いけない。漣には漣の今の人生がある。葵は漣から離れようとした。意思とは逆に身体は勝手にしがみついていた。臆面もなく慟哭(どうこく)していた。覆い隠していた感情が滑稽なほど剥き出しになっている自分にあきれた。

漣の息が近くで聞こえた。ロッジで初めてキスした時の、漣のかわいた唇の感触が蘇ってきた。吸い込まれていきたくなる衝動をどうしても抑えられなかった。存在を消し、俯瞰して自分を見つめることはもうできなかった。誰にどう思われようと知ったことではない。羞恥(しゅうち)も消えた。生まれたばかりの赤ん坊のように泣きじゃくった。あらかじめ決められた、こうなるべき場所に辿り着いたような気がした。自分の帰るべき場所は本当はここなのかもしれない。

　こんな気持ちになれる人間は、漣以外いなかった。今、自分は確実にこの世界に存在している。大きなものに包まれていた。髪が撫でられた。全身が火照っていた。身体が要求していた。漣のやわらかな胸に溺れた。

　どれくらいそうしていたのかはわからない。

　どこかで汽笛が聞こえた。

　葵は涙を拭くと、漣の体を押した。

　漣の身体は簡単に離れた。漣は葵を思わず抱きしめてしまった自分に、ようやく気づいたかのように、吐息を漏らした。汽笛が、二人の出航の合図のようだった。現実に戻った。

　しばらく海を見ていた。海面はおだやかだった。風が吹くと、身体は幾分冷えていった。

「本当はさ……」

　やがて漣はやけに明るい声を出した。

「ここから乗るはずだったんだよな、青森行きのフェリー」

　二人が今見ているのは、その函館の海だった。

　一度でいいからフェリーに乗ってみたかった。

「本当にいたの？　青森のおじさんて」

葵を不安にさせないためだろう。ロッジで未来の計画を一生懸命に作り上げようとしていた十二歳の漣の表情を見て、不思議と心が落ち着いたことを思い出した。

「もちろん……いない」

葵は笑った。漣も笑った。

あの逃避行の終着点は、今、この場所なのかもしれない。


函館空港で搭乗手続きを終えると、さっき別れたはずの漣がガラスの向こうにいた。

ガラス付近に設置された電話を指さしていた。

搭乗ロビーと待合ロビーを繋ぐ電話だった。葵は受話器を取った。

「園田、俺は……」

ガラスの向こうにいるのに、声は電話機を通した音だった。

「ずっとあの町で生きていく。普通に生きていく」

自転車で美瑛の一本道を走る十二歳の二人が脳裏に蘇った。

「じゃあ、私は世界中を飛び回ろうかな」

葵は笑顔を見せた。

漣は葵を見つめていた。これが最後の会話になることは二人にはわかっていた。

「大丈夫だよな。園田は。これからも」

大丈夫。私はもう大丈夫。

「さよなら、漣くん」

「さよなら、葵ちゃん」

最後に漣は名前で葵を呼んだ。十二歳の時と同じように。

受話器を置いた。振り返らなかった。

トイレに駆け込んで、泣いた。泣くことを自分に許した。

もう漣と会うことはないのだ。永遠の別れなのだ。

これが十二歳の頃から始まった二人の物語の終わりなのだ。

葵は流れる涙をぬぐおうともせず、心の中でつぶやいた。

あなたがいてよかった。ありがとう。

さよなら、漣くん。

水島大介　平成二十二年　沖縄

初めて園田葵を見たのは、渋谷のキャバクラだった。

水島大介は、葵と二人で過ごした沖縄の民家の庭を見つめた。

アナリストとアシスタントトレーダーとバックオフィスの部下を、ヘッジファンドのオーナー社長兼ファンドマネージャーとして、慰労するためにそのキャバクラにやって来た時だった。無論、自分も発散したい気持ちはあった。あの頃は、酒が飲めないのにもかかわらず、夜になると毎日飲み屋に通い、素面(しらふ)でなにかを叫んでいた。億の金を動かす、日々のプレッシャーに苛(さいな)まれていたのだろう。意味のない言葉を絶叫していた。そして四時には起床して、ニューヨーク市場の株価や通貨の動きを追った。よくそんな生活が続いたものだ。

「この子、あんまり飲めないんですよ」

ＶＩＰルームに向かう途中だった。店内で声が聞こえた。

キャバクラ嬢が飲めなくてどうするんだよ。水島は苦笑した。

同じ言葉を、その席の客が言っていた。

どんな職業でもプロに徹しない人間には怒りさえ覚える。株の知識のない者は証券業界の門を叩くべきでないし、運転が下手な者はタクシーの運転手になるべきではない。酒が飲めないなら、キャバクラ嬢になるべきではないのだ。水島は、若いキャバクラ嬢に冷ややかな目を向けた。この子あんまり飲めないんですよ、とかばってくれたもう一人の田舎者丸出しのキャバクラ嬢が、客に「おまえは向こうに行ってろ」と邪険にされると、若いキャバクラ嬢は、「飲みます！　私、飲みます！」と一気に酒を呷(あお)った。

そして精一杯の笑顔を作った。

「社長？」

店員に先導されてＶＩＰルームに向かっていた部下の一人が声をかけた。

水島が立ち止まって、若いキャバクラ嬢を見つめていたからだ。

それが園田葵との初めての出会いだった。

「東京です。実家なんでお金の心配はないんですけど、特にやることないんで、ちょっとおもしろそうかなって思って」

水島が指名してＶＩＰルームにやってきた葵は、キャバクラ嬢になった理由を話し始めた。

部下たちは葵がやってくると、他のキャバクラ嬢をどかして、水島の隣に座らせた。来るまでに時間がかかった。「ちょっと気分が悪くなっちゃったみたいで」店員が言っていた。本当にプロ意識のないキャバクラ嬢だった。

水島がなにも話さないので、葵は話し続けた。

「他にもウェブサイトの仕事をしていて、でもこっちのほうがお金もいいし、いろんな人の話が聞けておもしろいから」

「嘘だよね」

水島は、突然、葵の傾けていたグラスを掴んだ。離さなかった。

おまえはここにいるのに、いない。そうやって毎日をやり過ごしてきたんだろう。

最初に葵を見た瞬間に、水島にはわかっていた。

「必要に迫られて金を稼いでいる。誰も助けてくれなかった」

葵は怯えたような顔を見せた。

グラスを掴まれていたからではない。初めて会った人間に、心の内を見透かされたからだ。

誰にも気づかれないと思っていたのだろう。でも俺にはわかる。

水島は葵からグラスを奪い取り、一気に飲んだ。

ゲップが出た。久しぶりに飲んだ酒だった。この子をこれ以上不安にさせたくなかったからだ。葵は、そんな水島を見て、少し笑った。

初めて本当の葵の顔が見えた気がした。


本当は大学に行きたい。

葵が自分のことを話すまで、何カ月かかっただろう。水島は毎日のように店に通い続けた。社長はああいうのがタイプなんですか。部下に冷やかされた。明るくて話し上手で余計な気遣いをさせない女性はその店にはいくらでもいた。葵の話はつまらない。そこにいても本当はいないからだ。やり過ごすことだけは心得ているので、周囲に溶け込んでいるかのようには見える。客の話したいことが直感でわかるのだろう。自分を消して聞き役に徹する。余計な詮索はしない。この世界で生きるすべを生まれながらに心得ているかのようだ。なにも考えていないように見えて、充分したたかだ。

その店だってそこそこの高級店だ。葵の友人らしき女性のような、どこにでもいるような女性も増えたが、それでも店の経営者たちの女性を見る目は、シビアだ。売り上げに直結するからだ。未成年者の葵を採用したのも、天性を見抜いたからだろう。

そう。その頃、葵はまだ十八歳だった。

昼間逢おうと誘ってみた。来ないのではないかと予想したが、待ち合わせの場所に葵はやってきた。店とは印象が違った。派手な自分を演出しようともせず、普段着の自分を卑下しようともしないで、ぽつんと佇んでいた。とりあえず、ホテルでランチを食べた。

葵は北海道で生まれたことまでは話したが、家族のことは黙っていた。

「別に母親がどうとか、家族のこととか、そういうことは関係ないんです」

「本当に気にしてるものこそ、そんなことは関係ないと、人は言うんだ」

同じような人間が集まって来るんだ。関係ないなんて言いながら、心の内で抱えていても、それが周囲に伝わって、同じような人間が引き寄せられてくる。世の中はそういうものだ。あそこにいたら、特にそうだ。気づいたら歳を取っている。抜け出すことはできなくなる。なにがやりたいんだ。本当はなにがしたい。

葵は、また適当な、他人から借りて来た話を始めるのだろう。水島は言葉があふれてしまった自分に苦笑した。本当は大学に行きたい。存外、葵は真摯に答えた。自分の切実な夢を呼び起こしたかのように、水島の目を見つめていた。

大学でなにをしたいんだ。

葵は答えられなかった。大学に行くという目標だけがあり、なにを勉強したいのかまでは考えていなかったのだろう。指摘されて初めて思い至ったようだ。葵は、それじゃ駄目ですね、ああ、私、駄目だと、自嘲の笑みを浮かべていた。

本屋に連れて行った。棚にある大学受験用の参考書や問題集をあらかた取り出して、レジに向かった。

まずは基礎学力だ。それがなければどうにもならない。人は、時代の影響をもろに受ける。世の中は変わった。昔なら企業に定年まで勤めるという平凡だがささやかな人生はあったかもしれない。だが、もうそんな昭和の物語は完全に消え失せた。貧しい者はいつまで経っても貧しいままだ。金がなくてもそこそこ懸命に生きた人間が報われるという世界は消失した。金があっても、基礎学力のないものは、淘汰される。まずはこの世界で渡り合える最低の知識を身につけろ。

狂っていたのだ。

大学に行きたくてキャバクラ店で働き始めたのに、日々に流され、目標を失っていた十八歳の女性に、水島は金を援助したのだ。もうこの金にまみれた狂乱の日々が長くないとわかっていたのか、あるいは葵の中になにかを見たのか。

水島は薄ら笑いを浮かべた。二人で過ごした沖縄の民家の庭を見つめ続けた。

そんなはずはない。あの頃の自分はひたすら走り続けていたのだ。葵の中になにかを見たわけではない。やはり頭が狂っていたのだ。

葵の過去の話には苛立ちが募るばかりだったのだから。

葵は、すべてを話したわけではなかった。母親が男を連れ込み、家はいつも貧しかったぐらいの情報しか得られなかった。それだって、大学に行く金の援助を申し出た水島に対する義務のように話しただけだった。そして義務のように、身体を預けようとした。水島は拒否した。まずは大学に合格しろ。今は過去も忘れろ。この世界は常に変化している。変化に対応できる者のみが生き残れる。逆に過去に固執する人間は駆逐されるんだ。

三年前に購入したタワーマンションの自宅で、勉強させた。

翌春、葵は大学に合格した。

あの時の水島は父親のような気分だった。

大学に合格した葵が走って来る。無邪気な笑顔が今でも目に焼き付いている。普通の人間のような感情が湧いてきた自分に動揺した。その夜、葵を抱いた。葵は水島に身を任せた。義務ではなかった。お互いを激しく求めあった。いとおしさがこみあげていた。この女が好きだったのか？　困惑した。では好きでなければなぜ葵に援助をしたのか。

水島は、そのことを考えると、頭がおかしくなりそうだった。

あの夜、葵はうなされていた。過去が襲い掛かって来るのだろう。

葵の過去の話など聞きたくなかった。大切なのは今をどう生きるかということだけだ。過去にしがみつく人間を見ていると、バブルの彼方に吹っ飛ばしてやりたくなる。その頃、失われた過去の栄光にしがみつく人間が水島の周りには多くいた。

だからこんな話をした。

パチンコ屋の駐車場で、車の中に閉じ込められたまま死んでしまう子供のニュースとかって、聞いたことがあるだろう？　車の中に子供を残したまま、パチンコに熱中してしまった両親の話だよ。バカじゃねえかと思うだろう。なんで子供が死んじまうまで、気づかないんだ。いったいなにを考えてたんだその親たちは。そう思うだろう？　あれは病気なんだ。依存症って奴だよ。そんなことをやっていては駄目だ。頭の中ではわかっている。だけどやってしまう。三十分で終わらせるから大丈夫だ。自分に言い聞かせる。もちろん三十分じゃ終わらない。子供のことを愛していないわけじゃない。むしろ愛してる。なのに、パチンコごときに熱中して子供を殺してしまう。なぜだ。答えは簡単。病気だからだ。病気は、医者にかからないと治らない。自分の力だけではどうすることもできない。子供は知識がない。基礎学力がない。だから理由を求める。なぜパパとママは帰って来ないのか。閉じ込められた車内で全身汗まみれになりながら必死に考える。私のことが嫌いになったのか。理由を求める。私が悪い子だからかもしれない。自分を責める。責める必要はない。そいつは病気だからだ。理由はない。病気なんだ。それだけのことなんだよ。

葵に伝わったかどうかはわからない。

脳みそがなくて頭には藁しか入っていない。

知恵がほしくて、脳みそをもらうために女の子と一緒に旅をする。

昔、読んだ物語の登場人物を水島は思い出した。

そして、庭に、自分で作った案山子を突き刺した。

葵への最後のメッセージだ。俺はこの案山子だ。水島は笑った。

おまえの帰って来る場所はここじゃない。

一年前、葵は見たことがないくらいそわそわしていた。中学校の同級生に渋谷でばったり会ったらしい。その彼女の結婚式に呼ばれたのだ。葵は着ていく服を吟味していた。その頃はもうタワーマンションで一緒に住んでいて、キャバクラも辞め、大学で勉強を続けていた。ネイルショップでバイトをしているらしく、水島の金も受け取らなくなっていた。葵は、水島が買ってやった派手目なブランド物の服には目もくれず、地味だけど、貧しく見えない服を何着か鏡に映し、いつまでも迷っていた。

バラク・オバマが大統領に就任した頃だった。就任演説のテレビを見ながら、そんな少女のような葵が気になったのを覚えている。

誰か大事な人に会うのだろうか。水島は初めて嫉妬した。そうだ。嫉妬した。だからわざわざ車で迎えに行った。葵をそわそわさせる男をこの目で見たかったのだ。駐車場で待っていると、やはり男が葵を追って走って来た。気になったのは男ではなく、そのまま男の胸に飛び込みたい想いを必死に制御しようとしている葵の顔だった。葵は水島の元に戻って来た。涙を堪えていた。水島の前では絶対泣かないと決めているかのように、口を真一文字に結び、フロントガラスを見つめていた。

その時、水島は逃亡することを決めた。

リーマンショックにより痛手を負った投資家たちが、リスクを回避するために、続々解約を申し出ていた。ヘッジファンドのルールで半年は解約できなかったが、半年後までに収益をあげざるを得ない状況に追い込まれていたのだ。だが円高の影響もあり、株の収益はなかなかあがらない。影響はない。この状況はサブプライム危機の前から予期していた。葵には虚勢を張ったが、日本中で予期できた人間は一人もいなかったはずだ。投資家たちの解約要求はさらに増え続けた。呑まざるを得なくなり、運用資金は激減していた。金がほしければ独立してファンドマネージャーになれと言われ、成功し、さらに走り続けてきた。ことごとく嫌気がさした。逃げよう。もういいだろう。葵はもう一人で生きていける。女の子との旅も終了だ。

それなのに、逃亡した水島を追って、沖縄に葵はやってきた。

俺はこの案山子に過ぎないのに。葵に話したすべてが嘘だったのだ。俺の脳みそにはたぶん藁しか入っていなかったのだ。

水島は庭に突き刺した案山子を見つめた。

園田葵　平成二十二年　沖縄

いったいなんのつもりだろう？

人を馬鹿にするのにも程がある。

沖縄の自宅に帰って来た葵は憤慨していた。

昨日は羽田空港の近くのホテルに宿泊した。

函館空港から沖縄への直行便は出ておらず、羽田経由で帰るつもりだった。到着したのは深夜だった。沖縄への深夜便はまだ出ていたが、すぐに帰らなくてはいけないわけではなかった。沖縄のリゾートホテルで、観光客にネイルをほどこす仕事は、あと三日間の休みをもらっている。北海道からいつ帰って来られるのかわからなかったからだ。葵がいないと支障が出る仕事でもない。だから沖縄で葵を待っているのは、麦わら帽子を被り、釣り糸を垂れている水島だけだった。出会った頃とはすっかり変わってしまったあの男。そして朝の便で帰ってくると、庭に、麦わら帽子を被った案山子が突き刺さっていたのだ。案山子は、じゃあな、とばかりに左手をあげている。

『愛してるよ』胸に、へたくそな字で書いてあった。

なにが愛してるよだ。

葵は案山子を足蹴りして家に入った。案山子はふらふらと揺れていた。

古民家を改装した家賃七万円の物件だった。東京から逃亡してきた水島が借りていた家だ。ここで数カ月、水島と暮らした。部屋はひっそりとしていた。北海道に行く前から、心のどこかでわかっていた気がする。水島がもうこの家からいなくなっていることを。押し入れをあけて見ると、水島の服はそのままだった。

釣り道具だけがなくなっていた。

またか。葵はため息をついた。水島は、東京から逃げる時も釣り道具だけを持って沖縄にやってきたのだ。とりあえず、縁側の下にあった水島のサンダルを突っかけて、歩き出した。

東京から逃亡して以来、水島は携帯電話を所持していなかった。連絡はつかない。いなくなったというのはただの予感で、またいつものように釣り糸を垂れているだけかもしれない。桟橋に行ってみよう。そこにいるかもしれない。では、この案山子はなんなんだ？　葵は案山子の前で立ち止まる。置手紙ひとつ残さず、意味のわからない案山子を庭に突き刺し、消えてしまう人間など世の中にいるのか。

葵は海に向かった。

七月の沖縄は歩いているだけで全身に汗が滲む。風も生暖かい。早く冬が来てほしい。

最初に二人で沖縄を訪れたのは大学に合格した時だった。水島が連れて来てくれたのだ。水島は釣りを始めた。こうしているときがいちばん幸せだよな。笑顔を見せていた。東京で常に走り続けてきた水島にとって、なにもしない沖縄の時間は心地よかったようだ。なにもかも捨ててここでずっと釣り糸を垂れていたいね。いつになく陽気だった。

水島が突然東京からいなくなった時、葵は、逃亡先をすぐに思い浮かべた。

東京のタワーマンションから水島が消えたことを知ったのは、大学の講義が終わり、帰って来た時だった。竹原と弓の結婚式のすぐ後だった。マンションの前に、見たことがある若い男が立っていた。キャバクラに来ていた水島の部下だ。「社長はああいうのがタイプなんですか」葵を見て、若い男が蔑むような視線を向けていたのを覚えていた。

「水島、どこ行ったかわかる？」男は葵を見ると、水島を呼び捨てにした。「さっさと逃げやがって」

夜、ベッドの上でうなされていた水島をありありと思い出した。別の意味でうなされているのだと葵は思っていた。でも水島は、リーマンショックの直撃を受け、オーナー社長兼ファンドマネージャーの職から逃げた。一人で逃亡したのだ。

あいつ小心者だからよ。解約されるたびにビビッててよ。社長の器じゃねえんだよ。キャバクラにいる時は「社長！」といつもおだてあげていた男が、水島の文句を散々垂れていた。葵も水島の行方がわからないと知ると、「ま、あんたはいいだろうけどよ。もうずいぶん金、引っ張っただろうしな」と、葵にも雑言を並べた。

タワーマンションの中に入ると、水島のヘッジファンドの封筒がテーブルの上に置いてあった。分厚かった。見ると、一万円札が何十枚も入っていた。

「好きなように使っていいよ」

水島はよくその封筒に入った金を、葵に渡していた。大学入学までは援助してもらったが、キャバクラ店での貯えもあったし、金を受け取ることを葵は拒否するようになっていた。

「大丈夫。もういいから。学費もなんとかするし」

葵が受け取らなくても、「また昔に戻りたいのか？」と、金を渡し続けた。愛情表現のつもりだったのだろうか。二人で暮らした日々を、この金だけで終わらせるつもりなのだろうか。部屋には置手紙ひとつなかった。そして釣り道具だけがなくなっていたのだ。

葵は沖縄に向かった。玲子の家に転がり込んでもいいし、新しいマンションを借りるだけの金も残されていた。にもかかわらず、躊躇はなかった。

果たして、水島は、麦わら帽子を被り、あの桟橋で釣り糸を垂れていた。

葵が隣に座ると、水島は、さすがに驚いたような顔をしていた。

葵はしばし海を見ていた。やがて自分がここに来た目的を話した。

「今度は私があなたの面倒を見る」

水島には感謝していた。あの時、水島に会わなければ、葵はまだあの店で働いていただろう。大学に行くという目標はあったが、なにを学びたいのかさえも考えていなかった。ただあの生活から抜け出したかっただけだったのだ。水島は資金的な援助をしてくれた。どんなに助かったことか。一方、心苦しさをいつも感じていた。金の切れ目が縁の切れ目になるのは嫌だった。人間として嫌だった。だから水島がピンチの時、自分が今度は助けるのだと、沖縄まで追ってきたのだ。

「勘違いするなよ」

借りていた古民家に葵を連れて来た水島は言い放った。

水島は自分の分の貯えはしっかり確保していた。おまえに援助されるほど落ちぶれてはいない。ここに来るのは前から考えていたことで、経営がピンチなのは、逆にこういう生活を始めるチャンスだったのだと嘯(うそぶ)いた。

こういう話がある。投資家たちの世界では有名な話だ。水島は話した。

メキシコで漁師をしている男がいる。

漁師はささやかな生活を送っていた。ちょっとだけ漁に出て、家族と遊んで、昼寝をして、夕方になったら村に繰り出して、ワインを飲みながらギターをかきならす。

そんな生活では駄目だ。ハーバードのＭＢＡを持っている銀行員で、投資家のアメリカ人が漁師に言った。あなたはより多くの時間を漁に費やすようにして、その収益でもっと大きな船を買うべきだ。そうなったら何艘もの漁船を抱えることになる。自分で缶詰工場も始められる。製造も加工も流通も全部自分の手の内でするのだ。そうなったらこんな小さな漁村を離れて、メキシコシティー、ＬＡ、最終的にはニューヨークにだって行ける。

そうなるとどうなるんだ？　漁師は尋ねる。

そうしたらもう金の心配もいらなくなる。一線から引退するんだ。アメリカ人が言う。小さな漁村にでも引っ込んで、適当に魚を釣って、家族と遊んで、昼寝して、夕方になったら村に繰り出して、ワインを飲みながらギターをかきならすんだ。

水島の言いたいことはなんとなくわかった。

でもこの男は、本当のことをいつも言わない。

沖縄で、水島は釣り糸を垂れ、葵はリゾートホテルでネイリストの仕事を見つけた。

「なんのために大学に入った」

水島に責められたが、東京に戻るつもりはなかった。

「私がいないとあなたは駄目だから」葵は答えた。

水島は、飲めなかった酒に口をつけた。


桟橋に水島はいなかった。

今度こそ本当に私の前から消えてしまった。

葵は足元に目をやった。サンダルが壊れそうになっていた。

葵は、誰もいない桟橋をゆっくりとあとにした。

私たちの関係は決して金だけではなかった。葵は思う。

水島は沖縄に来ても、まだ夜、うなされていた。仕事から逃げ出しても変わらなかった。

原因は仕事ではないからだ。なぜ、ただのキャバクラ店員だった葵に水島は金の援助を申し出たのか。本当の気持ちを聞くべきだった。一度、子供の頃のことを聞いてみたことがある。

水島は家族の話を一切したことがなかった。両親がいるのかも定かではなかった。

「関係ないよ、両親とか、子供の頃なんて。俺には関係ない」

水島は酒を呷り続けていた。

本当に気にしてるものこそ、そんなことは関係ないと、人は言うんだ。

葵は、水島が以前語った言葉を反芻した。

しばらくすると、水島から東京にいた面影が消えていた。髪は伸ばしっ放し。髭をたくわえ、沖縄の先祖供養シーミーの人々に手招きされ、ある日、一緒に踊っていた。心を解き放ったかのように一心不乱に踊っていた。葵を見ると、「葵！　踊れ！　葵！」と叫んだ。

「常に変化しなくても、いいものもあるんだな」

水島はしみじみとつぶやいた。

変化に対応できる者のみが生き残れる。逆に過去に固執する人間は駆逐される。それも水島が東京で葵に語った箴言だった。

「おまえの居場所はここじゃない」

後藤弓から電話が来て、北海道に戻ってみようと思うと葵が言った時に、水島はそう答えた。

「ここで二人で傷をなめ合って生きていくのか？」

傷という言葉が気になった。もしかしたらここに戻ってくると、水島はいなくなっているのではないか。予感は的中した。

家に戻ると、まだ案山子は立っていた。顔は泣いているようにも見えた。

たぶん自分は知っていたのだ。水島と初めて会った時から。

「必要に迫られて金を稼いでいる。誰も助けてくれなかった」

水島が葵のことを見破ったあの時から。葵は知っていたのだ。

水島が葵と同じ人間だということを。

同じような人間が集まって来る。関係ないなんて言いながら、心の内で抱えていても、それが周囲に伝わって、同じような人間が引き寄せられてくる。

水島が語っていたように、同じような人間があのキャバクラで引き寄せられたのだ。

金だけではない。私たちの関係は金だけではなかった。

パチンコ屋の駐車場で車に閉じ込められていた子供のことを葵は思った。

きっとそれは男の子だったのだろう。

僕が悪い子だからかもしれない。その子は自分を責める。責める必要はない。そいつは病気だからだ。理由はない。病気なんだ。それだけのことなんだよ。

それだけのことなのに、未だに夜になるとうなされている。

なにも言わずに、心の内を一切話さずに、なんでおまえは消えるんだよ。

葵は案山子を強引に引っこ抜いた。中身は全部藁で、ぱらぱらと葵の身体に降り注いだ。

葵は肩で息をしていた。案山子をもっと叩きつけてやりたかった。

案山子が刺さっていた地面に、見慣れた封筒が見えた。

中には一万円札が数十枚入っていた。

咄嗟に葵は笑ってしまった。水島が最後に残したのはまたしても金だった。おまえの居場所はここじゃない。俺たちの関係は所詮、これだったんだよ。水島がどこかで笑っているような気がした。

案山子の胸に書かれた『愛してるよ』という言葉を葵は見つめた。視界が滲んでよく見えなかった。


高木玲子から電話が来たのは、それから数日後だった。

着信画面に『不明』と出ていたので、一瞬出るのを躊躇った。

「私、今、どこにいると思う？」玲子はほくそ笑むような声を出した。

玲子から電話が来るのは一年振りだった。大学に入学して、キャバクラ店は辞めてしまったし、水島と一緒に住んでいたこともあり、玲子とは疎遠になっていたのだ。最後に会ったのはいつだっただろうか？　大学の入学祝いを下北沢のお好み焼き店でしてもらった記憶がある。「私、シンガポールに行こうかなって思ってるんだよね」と夢を語っていた。たぶん葵は知らないと思うけど、日本人のネイリストって、器用だから、向こうでも歓迎されるの。稼げるらしいよ。私も行こうかなって。東京はもう充分だから。これからは、世界へ飛び出すよ、私は。玲子は意気揚々と語っていた。

「シンガポールでしょ」

だから葵は、現在の玲子の居場所を答えた。

「どうしてわかったの？」

玲子は驚いていた。

やはり海外からの着信だった。『不明』という着信画面を初めて見た。シンガポールからの電話だったのだ。冗談ではないらしい。玲子は英語だって喋れないはずだ。そんなの全然大丈夫。玲子は笑っていた。大丈夫のはずがない。でも玲子は、本当に、今、シンガポールのネイリスト事務所に雇われ、働いているそうだ。大丈夫なはずがない。葵は何度も心の中で繰り返した。玲子は、お世辞にもネイルがうまいとは言えなかった。あとから、興味半分でやってきた葵のほうが重宝されたぐらいだった。丹念に根気よく爪に色をぬっていく職人のような作業が自分に向いているとさえ思った。

その頃、葵がバイトしていた中目黒で小さなネイルショップを経営していた池宮さんという女性が「アジアの女性は、ネイルをするためにわざわざ日本にやってくるでしょ。日本人のネイリストの腕を買ってるの。だったらこっちから行けば、その全員が私の客になる。これはビジネスチャンスだと思う」と、酒を飲んだ時に熱く語っていた。玲子もいたはずだ。

池宮さんは本気ではなかった。起ち上げた自分の店を維持していくだけで精一杯だったのだ。玲子は、まるで自分が思いついたかのように、お好み焼きを食べながらシンガポール行きを語っていたのだ。そして今、実行していた。

「葵は、今、どこ？」

葵は言葉に詰まった。玲子は、葵が水島を追って沖縄にいることも知らないのだ。キャバクラ店での情報なのか、水島が失踪したことだけは把握していた。

水島のことは言葉を濁した。今、沖縄にいることも黙っていた。玲子は話を変えた。

「楽しかったよね、あの頃は。私、初めて葵に会った日のこと覚えてるもん。井の頭線の改札に向かう途中でさ。葵、あの時は町屋に住んでたんだよね。まだ高校生でさ」

正確には町田だったが、訂正は求めなかった。和歌山から出て来た玲子は、町屋と町田の区別がつかない。埼玉県と神奈川県の区別もつかない。基礎学力がないのだ。

でも、他人を思いやる気持ちを持っている。玲子がいなければ、あの店に勤め続けることもなかったし、今の人生もなかっただろう。感謝している。

玲子は、和歌山にいる妹のように、葵に世話を焼いたけれど、仕事に慣れてくると、むしろ葵のほうが姉のように手助けをした。歳はひとつ上のはずだ。一人にはさせてはおけなかった。玲子はキャバクラの客とすぐ喧嘩をする。表情に出てしまうのだ。葵のように、やり過ごすことができない。「この子、飲めないんですよ」わざわざ葵をかばってくれたりするのだが、客は当然不機嫌になる。葵は適当に飲む振りを続けることもできない。一気に飲まなくてはいけなくなる。結局、その客の機嫌を取るのは葵の役目になる。

「葵もいろいろたいへんなんでしょ？」

それでも、玲子は依然として姉のように振舞い、心配してくれる。

「来ない？　こっちに。一緒に働こうよ」

適当に答えておいた。今はそれどころではなかった。

「大丈夫？　本当に大丈夫？」

何度も聞いて、電話を切った。玲子が一人でシンガポールの街を颯爽と歩いている姿が想像できなかった。下北沢駅から十五分の、むしろ世田谷代田駅のほうが近い、家賃七万五千円のワンルームに帰る途中の道で、嘔吐し、電柱にしがみついて寝ようとしていた玲子の姿を思い出す。本当に、海外で一人でやっていけるのだろうか。

葵は、畳の上にあおむけに寝た。

水島が置いていったヘッジファンドの封筒が見えた。葵が力任せにばらまいたので、まだ札束が散らばっている。掃除する元気もなかった。

「シンガポールか……」

言葉に出してしまった。葵は笑った。シンガポールだって、たぶん暑い場所だ。私は、暑い場所は向いていない。葵は北海道の風を思い出す。

このまま水島のにおいのするこの家に居続けることは苦痛だった。新しい人生に向かって歩み出さなければならない。これからのことを考えよう。やはり東京か。大学で学び直すのもいい。だがそうなると、この水島の金を使わなければならない。自分の貯金はあったが、東京で住む場所を見つけて、敷金礼金を払い、大学の授業料を得るためには、またあのような店で働きだしてしまうかもしれない。慣れは恐ろしい。それに、水島の金は絶対に使いたくなかった。使ってやるもんか。こんな金。意地だった。

受験の時も大学に入ってからも、勉強は人より懸命にやった。基礎学力はもとより、この世界を生き抜くだけの知識はもう身につけたつもりだ。今は知識より実行だ。

東京も夏は暑い。涼しいところがいい。北海道にはもう戻れない。帰る場所はなくなったのだ。だったら東北はどうだろう。誰も知っている人はいないが、どうせ一から、新しい人生を歩むのだ。こんな金を使わずに。自分の力で。

「ごめんね」

唐突に漣の言葉が蘇った。函館の海を見ながら漣は想いを必死に伝えようとしていた。

「あの時、守れなくて。あの時、手を離しちゃって。本当にごめん。俺、それだけは言いたくて……」

そんなことは言ってほしくなかった。

その言葉が違和感として葵の中に残っていた。

葵は半身起き上がった。違和感の正体がわかった気がしたからだ。

十二歳の時、あのロッジで、手を離してしまったのは漣だけではない。葵もそうだ。葵は、散らばっている水島の金に目を向けた。思えば水島もそうだった。葵を守ろうとした。美瑛の丘で、流れる雲を見ていた時から、漣にとっても、水島にとっても、あるいは玲子にとっても、葵はいつも守られるべき存在だった。水島の金を使いたくない理由がわかった。意地だけではない。私はまだ自分の力でなにもしていないのだ。

いつも誰かから守られるべき存在だったのだ。

立ち上がらなければ。今こそ自分の力だけで生きていかなければいけない。

葵は決断した。

「本当に来るとは思わなかった」

迎えに来た玲子は、一年前とまったく変わっていなかった。

「私も」

葵が同調すると、玲子は声を上げて笑った。

シンガポールのチャンギ空港だった。

決断すると、葵の行動は速かった。沖縄の家を解約して、水島の荷物を全部処分した。沖縄のリゾートホテルでのネイリストの仕事を辞め、パスポートを取った。水島の金は別の口座に入れ、自分の預金だけで、スーツケースを購入し、シンガポール行きの格安チケットを買った。自分の人生がぐんぐんと速いスピードで動き出したような気がした。

「なんで？　なんで、本当に来たの？　なにかあった？」

玲子が心配だからだよ。口には出さなかった。スーツケースが摑まれた。咄嗟に葵は引き離した。奪われないように防御したのだ。その若い男は満面の笑みを浮かべていた。

「運転手兼事務の冴島くん」

玲子が冴島亮太を紹介した。ずいぶん若く見えたが、二十一歳らしい。

冴島の車で、ネイリスト事務所に行った。街の外れにあるこぢんまりとした事務所だった。ここからホテルやショップにネイリストを派遣するのだ。

「英語はできる？」

シンガポール人の女性の経営者が英語で尋ねたので、「少しなら」と英語で答えた。経営者は、ほっとしたような顔を見せた。「少しできるなら大丈夫。この子、最初は全然できなかったから」玲子を見て言った。玲子は、その英語さえわからずに、きょとんとしていた。経営者が小さく息をついた。

「ね、すぐ採用だったでしょ」

近くの屋台で食事をした。フードコートのような店で、玲子の勧めでワンタンを注文した。この暑い時に。葵は辟易した。玲子は、自分の知っているシンガポールをくまなく葵に紹介したいらしい。言う通りにした。八月の終わりになっても、シンガポールは暑かったが、夕方になり、湿気はさほど感じなかった。私はこれからここで生きていくのだ。

「日本人は手先が器用に見えるんですよ」

冴島もついてきていた。チキンライスを食べていた。

「ま、みんなすぐ帰っちゃいますけどね」

「どうして?」

「海外で働きたいってだけの甘い考えの奴らが多いんですよ」

冴島はチキンライスを頬張りながら言ったが、聞けば、自分も好きな女性を追ってシンガポールにやってきたらしい。すぐにふられましたけどね。冴島は笑った。

「でもまあなんとかなるんじゃないかと思って、そのままここに」

「めちゃくちゃ甘い考えじゃん」

玲子がけらけらと笑った。葵も少し笑った。冴島は葵をじっと見つめていた。

「彼氏とかいるんですか」

「いきなりナンパかよ」玲子があきれる。

「いや、寂しいっすよ、海外で一人っていうのは」

そんな気はまったくなかった。

自分の力だけで生きていくためにここに来たのだから。

翌朝、玲子の住んでいるダウンタウンの、思ったより広いマンションで目覚めると、葵は、用意してきたネイル道具で、自分の爪をぬりだした。よく眠れなかったのだ。これから始まる新しい生活に興奮していたのだろう。玲子はまだ眠っていた。沖縄に行った時、私の人生はどこに向かっていくのだろうと葵は心許(こころもと)なかった。

私はいったいどこに行くのだろう?

今は、さらに遠いシンガポールにいる。

「ずっとあの町で生きていく。普通に生きていく」

函館空港で別れる時、漣は宣言した。

「じゃあ、私は世界中を飛び回ろうかな」

十二歳の頃の漣の言葉を葵は返した。冗談のように言ったつもりだった。

でもあの時の言葉が今の自分を駆り立てた。
風が吹いた。生暖かい湿った風だ。新しい風でもある。私は、ここで生きていく。
幼い頃、噛みすぎてただれていた爪が、水色にぬられていくのを葵は見た。
守られる人ではなく、誰かを守る人になる。
握った手を自分から絶対離さない人に。
大丈夫。私は大丈夫だから。漣にあの時、誓ったのだから。
シンガポールの朝の陽光が降り注いでいた。身体の芯まで火照っていくようだ。
私は今、ここにいる。もう過去は絶対振り向かない。
葵は心の中でもう一度つぶやいた。
私はここで生きていく。
世界中を飛び回って生きていく。

第三章　ふたつの物語

高橋漣　平成二十三年　美瑛

その日、美瑛は震度2だった。

漣は事務所のパソコンを見ていた。

『チーズ国際コンクール』の概要をメモしていたのだ。大会は毎年十月。出場するためにはまずエントリーされなくてはならない。世界中から参加があるので、たいていはそこで撥(は)ねられる。実績のない北海道の小さなチーズ工房ならなおさらだ。

オーナーは、長期熟成型のハード系チーズにこだわっていた。熟成期間は長いが、手間暇をかけた分だけ、深みのある味が滲み出てくるからだ。漣は少し不満だった。ここはオーナーが修行していたフランスではない。北海道には、広大な大地で生まれ育った牛がいる。搾り取られた新鮮な牛乳の味をありのままに伝えたい。短期熟成型のソフト系のチーズのほうがよりナチュラルに味が引き出されるのではないか。そういうのって、どうなんですかね？遠慮がちに言ってみた。オーナーに進言するのは初めてのことだった。

「じゃあおまえやってみろよ。自分のチーズを作ってみろ」

「いいんですか！」

　就職して三年、ようやくオーナーが漣を認めてくれた瞬間だった。

　寸胴（ずんどう）で攪拌（かくはん）し、ホエー抜きをして、カッティングする。工程を初めて一人で行った。試作品を作り続けた。納得のできるものを作れるまで、何年かかるかわからない。だが、自分のチーズを作れる。漣は喜びにあふれていた。『チーズ国際コンクール』の存在を知ったのは数日前だった。ネットで、日々チーズ作りを行っている職人たちのブログを見ていた時、発見したのだ。

「こういうのって、俺たちも応募できるんですかね？」

　パソコン画面をオーナーに見せた。

「なんだ。世界に挑戦する気か」

　たまたま見つけただけだった。

「無理、無理！」

　最初はオーナーのつれない言葉に反応しただけだった。

　俺、やりますからね。思わず宣言してしまっただけだったのだ。

　でも今、漣はその概要をメモしている。漣がチーズ作りに前向きになったのも、オーナーが漣に自分のチーズを作ってみろと言ったのにも、わけがあった。

美瑛の町役場に転入届を出しに行った時、園田葵と再会した。遅番で仕事に入る予定だった。漣は函館に向かった。途中、香から電話がかかってきたが無視してしまった。一応、ガソリンスタンドのトイレで、オーナーには、体調が悪いので今日は休ませてくださいと連絡だけはしておいた。函館から美瑛に戻ってきたのは深夜だった。往復、十二時間以上のドライブで、漣は疲弊していた。こんなに長い時間、車を走らせたことはさすがになかった。缶コーヒーを何度も飲んで、眠気を防いだ。早く家に帰って寝たかった。

チーズ工房の前を通ると、灯りが灯っていた。漣は思わずブレーキをかけた。眠気が一気に吹っ飛んだ。店に入ると、香が一人、いつもの場所でワインを飲んでいた。

「ごめん。ちょっと急に……」

言い訳を必死に探した。

「飲む？」

なんと説明すればいいのかわからなかった。

「飲むよね」

テーブルの上には漣のグラスが用意されていた。

なにかがあったことを香は察知していただろう。漣が仕事を休むのは初めてのことだったし、午前中に転入届を出しに行った男が深夜に帰って来たのだ。なにかがあったのだろうと思うほうが普通だった。香はなにも尋ねなかった。

「おいしいのにね。なんでもっと売れないんだろう。このチーズ」

自分で作ったチーズを食べて首を傾げていた。

まだ兆候はなかったはずだ。

二人の新しい家は、チーズ工房の近くにある平屋の一軒家だった。

物件探しも、部屋に置く家具も、生活用品も全部香が選んだ。生活のルールも余すところなく香が決めた。漣は、濡れた体のまま風呂から出て来ることを決して許されなかったし、小便も座ってやるように命令された。小便もかよ？　口答えはできなかった。初めて他人と暮らす生活は決して甘いだけではなかった。仕事が早番と遅番にわかれている時は、帰宅時間をメールで伝えなければいけなかったし、朝、早く出かける時は、香の分の朝食も用意しておかなければならなかった。面倒だった。時折、一人、車で突っ走りたくなった。でもそんな面倒を引き受けることが、普通に生きていくことなのだと、どこか心の中でわかっていた。普通に生きていくのも、たいへんなことなのだ。

「絶対に口答えしない。はいはい言うことを聞く。それが平穏に暮らすコツだ」

父親は妙なアドバイスをした。俺もそうだからな。笑っていた。

あれは、香の妊娠を告げに行った時だった。

いつ兆候があったのかは不明だ。香は確実なものとわかるまで、漣に話さなかった。香はいつもそうなのだ。結果だけを報告する。「妊娠した」と香が告げた時、漣は、妊娠検査薬や病院という言葉が頭に浮かんだ。香はとうに万端終えていた。自分の子が生まれるかもしれない。間違いかもしれない。心を躍らせる時間は漣にはなく、病院で、とっくに結果は出ていたのだ。

「だって違ってたら、時間の無駄じゃん」面倒臭そうに香は言った。

すぐさまお互いの両親に会いに行った。漣の両親は喜んだが、香の両親は、特に父親の昭(しょう)三(ぞう)は、漣をじっと睨みつけていた。香は一人娘なのだ。二人はまだ婚姻届も出していなかった。漣が役場に二人で用紙を取りに行こうと誘ったが、香は取得済みだった。

「そういうさあ、大事なことは、なんていうか、二人で一緒にさ」

香にロマンチックな趣味はなかった。婚姻届を出したあと、写真館で写真を撮り、お互いの両親を呼んで、富良野の観光ホテルで食事をした。結婚式の代わりだった。香の興味は生まれて来る子供に向かっていたのだ。妊娠何カ月までチーズ工房で働けるのか。その間、香の給料がなくても、生活は維持できるのか。出産前、出産後、費用はいくらかかるのか。漣は小遣い制になった。少ない小遣いで、漣はガラガラ音の鳴るおもちゃや帽子を買った。自分のために金を使おうとは露ほども思わなかった。三輪車を買って来た時はさすがに怒られた。「まだ生まれてないから！」香はすぐに吹き出した。香の胎内に新しい生命がいると知った時から漣はその生活を愛した。香に何度怒られても、香を愛した。生まれて来る子供を早くも愛していた。そうして季節は過ぎていった。

仕事にも邁進した。

オーナーが、自分のチーズを作ってみろと焚きつけたのは、漣が独り立ちしなければいけない状況を察していたからだった。この町で、普通の生活を続けながら、世界に挑戦するチャンスもある。興奮していた。だから、「さっき、揺れなかったか？」と、オーナーが工房から出てきた時は、「いや、全然。気のせいじゃないですか」と、『チーズ国際コンクール』のパソコン画面から目を離さずに漣は答えた。感知できなくても不思議ではなかった。

美瑛は震度2だったのだから。

レジのパートのおばさんが、テレビをつけた瞬間に悲鳴をあげた。

一瞬でなにが起こっているのかがわかった。

自衛隊のヘリが空から撮影している映像が映し出されていた。画面の下には、沿岸への警報がほとんど全区画に点滅し、キャスターはヘルメットを被っていた。

香は定期健診で美瑛の病院にいるはずだった。チーズ工房の店内は、被害はまったくなかった。揺れさえも感じなかったのだ。一応、メールをしてみたが、返信はなかった。電話をしても繋がらなかった。「すぐ行け」オーナーの許可が出ると、漣は車をスタートさせた。

雪がちらついていた。美瑛の丘に停まっている観光バスの乗客たちが、外に出ていた。ほぼ全員が、美しい丘ではなく、携帯電話に目を落としていた。どよめきのような声も聞こえた。それ以外は、美瑛の町は普段と変わらなかった。信号機も正常に作動していた。病院の駐車場に車を停め、中に駆け込むと、テレビの前に人垣ができていた。「これ、日本、終わるんじゃねえの」誰かの声が聞こえた。「こっちはまったく大丈夫だった」電話している男の声も聞こえた。漣は走った。香はぽつんとロビーの隅に座っていた。少し大きくなった腹を抱えていた。「香!」声をかけたのに、香は顔をあげようともしなかった。「香!」もう一度呼ぶと、ぼんやりした顔を漣に向けた。「どうした」隣に勢いよく座った。あの映像を見て、ショックを受けたのだろうか。腹をやさしく撫でるようにさすりながら、香は自らに言い聞かせるように、やがて口をひらいた。

「大丈夫。この子は大丈夫」


夜になっても、信じられないような光景に目を覆い続けた。

部屋には、漣が買ってきた、生まれて来る子供のための玩具があふれていた。電気も点いている。水も出る。薪ストーブで部屋は暖かい。窓の外では、相も変わらず、しんしんと雪が降り続けている。

香に言葉はなかった。テレビの中の映像は対極にあった。漣もなかった。眠れもしなかった。竹原から電話が来たのは深夜だった。東京も酷く揺れたらしい。

「おう。大丈夫か、そっちは」漣は叫ぶような声を出した。

「生きてた」

竹原はぽつりとつぶやいた。生きてた、という意味が摑めなかった。

「利子だよ。あいつ田舎帰っててさ。岩手なんだ」

テレビの映像を見た。遠い世界の出来事ではなかったのだ。

「でも、さっき連絡取れた。生きてた。あの津波の中あいつ、生きてた」

泣き声に変わった。

しばらく竹原はまともに喋れなかった。

「よかった。うん。よかった」

ようやく電話を切って、香に説明した。

薪ストーブがとても暖かかった。暑いぐらいだった。

「これは、小さな町の小さな物語だよね」

香がなにを言おうとしているのかわからなかった。

「竹原くんや、東北の人たちに比べたら、私のことなんかたいしたことはない」

香は病院から様子がおかしかった。津波の映像を見たからだと思い込んでいた。

「検査したらさ、見つかったんだよね」

香は結果だけを報告する。いつだってそうだった。

香は漣を真っすぐに見つめて、躊躇なく述べた。

「腫瘍」

桐野昭三　平成二十三年　美瑛

だいたいこんな男と結婚するからいけないんだ。

桐野昭三は高橋漣を睨んだ。

学生の頃から付き合っていた男は知っていた。香はあの男と結婚するのだと心得違いをしていた。じゃがいも畑で働くあの男の両親に、ひそかに一人で挨拶に行ったこともある。香は絶対に知らないないないはずだ。どうなのかな？　そんなつもりはあるのかな。息子はなにを考えてるのかわからないところがあってね。あの男の父親は、親が挨拶に来るなんてまだ早いんじゃないかな、と笑って、じゃがいもを収穫する手を止めなかった。

こっちがどんな想いで来てると思ってるんだ。一人娘だぞ。昭三は怒りを滲ませた。

昭三は、東京の南千住で生まれた。高校を出たら、近所の自動車修理工場に就職する予定だった。十八歳になると、即刻免許を取って、中古のスカイラインジャパンを買った。丸目四灯の奴だ。夜の街を、地元の連中と走るのも飽きて、仙台からフェリーに乗り、一人で北海道に行った。すっかりこの地に魅せられた。広大な空。新鮮な空気、さわやかな風。オイルにまみれた生活にはもう戻りたくなかった。ここで働かせてくれませんか。目についた牧場に飛び込んだ。人手が足りない絶妙のタイミングだったようだ。三軒の家で経営する共同牧場で、一人娘が妻の春子だった。元々、地べたに這いつくばる仕事が性に合っていたのかもしれない。春子も、両親の元で暮らしたかった。地元の男に適当な相手も見つかっていなかった。昭三は、婿養子になる形で、この地に住み付いた。正直、あまりの重労働と牛の糞のにおいに嫌気がさして、逃げ出そうと荷物をまとめたこともある。春子と、自分を歓迎してくれる義理の両親を見捨てることはできなかった。これが俺の人生なのだ。北海道旅行が決定的になにかを変えたのだ。昭三は自分の人生を受け入れた。

だからこそ、たった一人生まれてきた娘だけは、好きなように生きてほしかった。旭川の大学に行くことも、CAになることも応援していた。中学生の頃から付き合っていたぼんやりした顔の男のことも黙認した。おまえは好きなように生きていいんだよ。

チーズ工房に就職した辺りから、香がなにを考えているのかわからなくなった。ここに牛がいるんだから、チーズ作りがしたいなら、ここで作ればいいじゃないか。ここで働けよ。ここがあるじゃないか。

帰宅するのも遅くなった。帰って来ない日も増えた。「ちょっと車でね」香は無断外泊の理由を述べた。車？　おまえ、免許持ってないじゃないか。

　あの男と一緒だと思い込んでいた。美瑛に一軒家を借りて住むと突然告げられた時もだ。やってきた男は、あの男ではなかった。親が挨拶に来るなんてまだ早いんじゃないかな。あの男の父親は正解だったのだ。香はいつだって事後報告だった。大学に行くことも。チーズ工房で働くことも。妊娠したことも。

　心配かけないようにしてるんじゃないかな。妻の春子は香の心中を推察した。お父さん、いつだって香のことばかり心配してるから。無駄な心配はかけたくないんだと思う。

　心配だらけだよ。今日も、大事な話があると香が連絡してきた。一人で来るのかと思いきや、夫も連れて来た。上富良野の自動車整備工場の息子だ。両親とは、富良野の観光ホテルで一緒に食事をした。あとで聞けば、結婚式の代わりだったらしい。ちゃんとやれよ、結婚式。金ならなんとか工面する。自動車整備工場の息子もやめてほしかった。昭三が捨てたもうひとつの人生のようだったからだ。

　高橋漣は神妙な顔をしていた。

　別れるのか？　いいだろう。香もまだ若い。昭三は漣を睨んだ。

　香は、ピーナツをつまみながら、軽い調子で言ったので、漣のことだと最初は思ってしまったぐらいだった。

「ガンになっちゃったんだよね」

まだ若いのに。そうか。香もこれからたいへんだな。

「子供は産むよ」

産むだろう。妊娠しているのだから。

「産むって……。大切なのはまずあなたの命よ。そうでしょ、漣さん」

春子の声が掠れていた。漣がうなずいていた。

「あ、それ、もう古い考えだから。ガンはね、もうほとんど治る病気になってるから。死なないから。まず抗癌剤を投与して」

「抗癌剤なんて使ったら……」

春子の目に涙が滲んでいた。ちょっと待て。まだ俺は話が呑み込めていない。それ以前の段階にいる。ガンになったのは誰なんだ？　昭三は現実を認めたくなかった。

「妊娠初期と後期だったらもちろんリスクはある。でも十五週目から三十一週目までなら大丈夫なの。そういうふうになってるから。乳がんの名医を探して、ちゃんと聞いてきたんだから。抗癌剤治療したあと、出産は帝王切開。そのあとに手術で腫瘍を摘出する。産んでから治す」

それも事後報告か。それも事後報告か。

「心配しないで。頑張るから、私」

身体中の血が逆流した。なんなら目の前にいる香の夫を殴りたいぐらいだ。

「頑張るとかそんな話じゃねえ！　そういうことじゃねえ！」

自分でもびっくりするくらい大きな声を張り上げた。

漣はたまらず体をのけぞらせた。香はピーナツを食べていた。そうだよね。お父さんはそう言うよね。あらかじめわかっていたかのような顔を向けた。そんなにピーナツが好きか。

そんなにピーナツが好きか。手を止めろ。今はそれどころじゃない。

「言っとくけど」

香が昭三を睨んだ。この目だ。大学に行く時も、チーズ工房に就職する時もそうだった。

言っとくけど、もう決めたから。一度決めたら、香は実行するのだ。

「お父さんたちに相談しに来たわけじゃないから。報告しに来ただけだから。もう決めたから」

もう決めたのかよ。どうするんだ。俺はどうすればいいんだ。

「駄目だ。絶対に駄目だ。今すぐ手術しろ」

おまえのいなくなってしまった世界でどうやって生きていけばいいんだ。

決めるな。勝手に決めるな。心配なんていくらだってかけたっていいんだ。

だいたいこんな男と結婚するからいけないんだ。
昭三はピーナツを食べた。こみあげてくる涙を漣と香に見せたくなかった。

高橋漣　平成二十三年　美瑛

「お父さん、あれからずっと一人で泣き続けてるって。お母さん、言ってた」

泣き続けるよ。あたりまえだろう。漣は箸を置いた。食事が喉を通らなかった。

運転が荒いんだよ、お父さん。香は父との思い出話を始めた。子供の頃はよく助手席に乗せられてね。まだ覚えてる。あの古い車。東京から持ってきた奴。すごいスピードを出すから怖くて、私、大人になったら、絶対車の免許だけは取らないって決めたんだよね。ねえ、お父さん、どんな感じだった？　あの時。あんまり見られなかったんだよね。心配するに決まってるんだから。小学校行く時だって、すぐそこなのに、心配であとをつけて来たんだからら。バレバレなのに、自分では秘密にしてると思ってるんだよ。付き合ってた人の家族にまで会いに行っちゃったこともあるんだから。やめてほしかったよ、本当に。大事に大事に育てられたわけじゃないんだよ。まだ小さい子供を助手席に乗せてぶっ飛ばすぐらいやんちゃだったんだから。すぐ血圧あがるしさ。でもね、あの人だけには心配かけたくないんだよね。

心配してる顔見たら、泣きたくなっちゃうから。

「心配してたよ。心配してるに決まってるじゃないか」

香は出産のことも全部一人で決めていた。昭三の気持ちが漣には痛いほどわかった。

「死ぬと思ってるんだよ。みんな。私がね」

香は自分で作った回鍋肉（ホイコーロー）をかきこんだ。

「死んでられるかっつーの。この子を産まずに」

生まれて来る子供の玩具が部屋に転がっていた。

「俺も、お義父（とう）さんの言う通りにしたほうがいいと思う」

大切なのは香の命だ。

父親に心配をかけたくないのはわかる。でも、俺に心配かけるのも遠慮しているのではないか。漣は香の決断にまだ迷っていた。

だから一人でもう一度香の両親に会いに行った。

「止めろ。おまえが全力で止めろ」

昭三は目が赤かった。

「止めます。全力で止めます」

香は止まらなかった。何度話し合ったかわからない。チーズ工房のオーナーにも相談した。

香と話してもらったが、決断は一向に変わらなかった。竹原に電話してみた。竹原は電話に出なかった。利子は一時入院していたようなので、たいへんな時期だったのだろう。自分の両親にも相談してみた。

もうやめて。誰かに相談するのは。私たちのことでしょ。
真夜中だった。ベッドの隣で寝ていた香が口を尖らせた。
私たちのことだから心配してるんじゃないか。漣はどうしたらいいのかわからなかった。
香は、決然と言い放った。その言葉は、夜の静かな部屋に力強く響いた。
「治すから。絶対治すから。絶対生きるから」

八月だった。

昭三も春子も、漣の両親も駆けつけた。

女の子とわかっていたので、香は結(ゆい)と名付けていた。結をみんなが見つめていた。漣は初めて結を抱いた。落とすなよ。漣の父親が声をかけた。やわらかかった。小さかった。命だ。これは命だ。ひしひしと感じた。漣の両親も結を抱いた。自分の子供を抱く両親の姿が不思議だった。そう。この子は俺の子供だ。結、生まれてきてくれてありがとう。昭三も春子も順番に結を抱いた。昭三の笑っているところを初めて見た。最後に香の元に戻って来た。告知をされても、出産するまで涙ひとつ見せずに闘ってきた香の目が滲んでいた。

「ずっと見てるからね、結。あなたのこと、ずっと見てるから」

昭三が部屋を出て行った。部屋を出て行く意味はなかった。廊下から、大きな泣き声が聞こえてきたのだから。

ずっと見てる。俺もずっと見てる。

漣は、結を抱く、母親になった香を見つめた。

体力の回復を待って、手術がすぐに行われた。

二週間後から、抗癌剤と放射線治療が開始された。

数週間で脱毛が始まったが、だるさや発熱などの副作用は出なかった。

ホルモン治療だけを継続した。髪も伸びていった。経過は順調だった。おそろしいくらい順調だった。絶対生きるから。香の願いが届いたのだ。漣は思った。

結が三歳になっても、香のガンは再発しなかった。

三年間はあっという間に過ぎた。香はチーズ工房を辞めて育児に専念した。育児だけでもたいへんなのに、仕事をするのは体力的に無理だった。「俺が代わりに世界一のチーズを作るから」と宣言したのに、香は鼻で笑っていた。できるものならやってみろという顔だった。

昭三や春子も、漣の両親も、足繁く香と漣の家に通った。香のことをみんなが心配していたのだ。育児の方法について、意見が飛び交っていた。

「もう大丈夫だから。三人だけにして！」

冗談も言えるようになった。漣も仕事が終わると、即刻家に帰って結の面倒を見た。だから初めて寝返りを打った時も、ママと言葉を発した時も、目撃した。パパと言わせたくて、結を泣かせた。風邪をひいた時は、病院に車で突っ走った。歩けるようになると、結は近くの草原を笑いながら転げ回った。目を離すと、すぐにどこかへ行ってしまうほど、走り回るようになった。三輪車はなぜか嫌いらしく、一度も乗らなかった。漣は、子供が生まれる前の人生で、なにがあったのか、もう思い出そうともしなかった。東京スカイツリーが開業したことも、東京オリンピック開催が決まったことも、震災から三年が経ったことも、どこか遠い出来事だった。時代の渦中にはいないが、北の小さな町で育まれていく生命と、家族の生活だけを漣は見つめ続けた。

旭川の郊外にあるショッピングモールでカートを押していた時だった。

今日の晩ご飯のおかずを結と選んでいる香を見た時、突然、涙がこみあげた。

結婚する前から来ていた店だった。自分たちと歳が変わらない男女が小さな子供を連れて買い物をしていた。休日に郊外の商業施設に車で立ち寄り、少しでも値段の安い商品をカートに入れ、日々のささやかな生活を営む人たちだ。自分たちも似たような家族だった。なんの不満もなかった。幸せというのはこういうものだと実感していた。それなのに、涙がこみあげると、いよいよ止まらなくなった。なんでもない普通の日常。やがてそれは失われていく。どんな人でもやがて失われていく。永遠に生き続ける人はいないのだ。間断なく湧き出る想いが頭の中を駆け巡っていた。予感がしていたわけではない。平凡な日常があまりにもいとおしすぎたのだ。香が漣を見ていた。こっちに来るなと、カートを渡して、あまり人が来ない医薬品売り場の前で顔を覆って泣いた。

しばらくすると、結が下から覗き込んでいた。不思議そうな顔をしていた。

「なに泣いてんだ、高橋漣」香が声をかけた。

なんでフルネームなんだよ。

香が少し笑ったような気がした。香は結の髪を触った。

「結。抱きしめてあげて。泣いている人がいたら、抱きしめてあげるのよ」

結は、ぎゅっと漣の足にしがみついた。足の辺りがとても温かくなった。

やめてくれ。漣は結の髪に手をやった。涙が止まらなくなるじゃないか。

九月になった。北海道はもうすっかり秋だった。

チーズ工房の経営は順調で、高校を出たばかりの新人の男、矢部くんが入って来た。素直だった。人を傷つける言葉は絶対に言わないと決めているかのような矢部くんは、チーズ作りを教える漣の口調が、少しでも尖っていると、瞬時に心を閉ざした。漣は優しい口調で機嫌を取らなければならなかった。俺なんか、もっと酷い先輩にいいように言われてたのによ。不満のひとつも吐き出したくなった。矢部くんは十八歳。漣とは七歳違っていた。時代はどんどん変わっていくらしい。だから、矢部くんの前では、できるだけ、いつもおだやかにしているように努めていた。でもその日、漣は思わず物に当たってしまった。事務所のデスクの上にあった書類をぶちまけた。矢部くんはすーっと外へ出て行った。こんなところにいたくなかったのだろう。『チーズ国際コンクール』の落選メールが来たのだ。もう三度目の落選だった。いきなり世界へ挑戦するのが無謀なのだ。美瑛や北海道の名もないコンクールで実績を作り、段階を踏むべきなのだ。雑誌やネットで評判になっている店、というアピールポイントが必要なのだ。だから門前払い同様で撥ねれられるのだ。わかっていた。わかっていたが、漣には時間がなかった。もう時間はないのだ。

香のガンが再発したのは二カ月前だった。

旭川のショッピングモールから帰ってきて、数週間後のことだった。抗癌剤治療が再開されて、香の毛髪はほとんどなくなり、いつも帽子を被っていた。爪も伸びなかった。副作用に苦しめられ、目もくぼみ、痩せ細っていった。

漣は、これほど興奮してしまった自分に動転していた。ぶちまけた書類を拾った。足が震えていた。「漣、もう今日はいいから」オーナーが、ぶっきらぼうな口調で言った。でも漣の肩に掛けた手は温かかった。「すみません」漣は車に乗り込み、病院に向かった。


ぼんやりした顔というのは、こういう顔のことだったのか。

漣はその男を見た瞬間に、誰なのかすぐにわかった。

香は抗癌剤の副作用で痛みが激しく、車椅子に乗っていた。病院の庭にいた。その男が車椅子を押してきたのだろう。隣にいた。ぼんやりと立っていた。

「あれ、今日は早いね」

漣を認めると、香が普通に話しかけた。入院中は、結を両親の元に預けて、仕事を終え、結を迎えに行ってから一緒に見舞いに来る。それが漣の日課だった。今日はまだ午前中だったので漣は一人で来た。男は漣にお辞儀した。漣も会釈した。

男は、ぼんやりした顔のまま、去って行った。

「やっぱバレちゃうよねえ」

男の姿が見えなくなると、香は悪戯(いたずら)っぽい笑みさえ見せた。

「私が呼んだの。十年だよ。中学の時から付き合ってたんだから」

言わなくてもすぐに誰だかわかったよ。

「会いたかったから。今までの人生で出会った人たちに」

「まだ会えるだろ。これからもよ」

「あの人……、もしかしたら、漣より好きだったかもしれない」

「ああそうかよ」

九月の風は冷たかった。漣は香の車椅子を押して、病室に向かった。怒ってる？　香は振り向いて漣の顔を覗き込んだ。怒っていない。ただそんな話は聞きたくないだけだ。香は構わず話し続けた。ＣＡになりたかったこと、本当はじゃがいも畑なんかで働きたくなかったこと、チーズ工房のバイト募集の貼り紙を見たこと。何度も聞いた話だった。

「そのバイト募集の貼り紙を見なかったら、漣に会うこともなかったんだよねえ」

「そういう話は退院したら聞くよ」

「めぐり逢いって不思議だね」

病室に戻り、ベッドに香を戻した。痩せてしまった体は難なく戻せた。自分の手を漣は見つめた。

「でも、それは偶然じゃなくて」

「いいから、そんな話は」

本当に聞きたくなかった。香は必死に伝えようとしていた。

「運命の糸って私はあると思う」

言葉は、どこか遠い場所から聞こえてくるような気がした。

「でもその糸はたまにほつれる。切れることもある。でも、またなにかに繋がる。生きていれば必ずなにかに繋がる。そういうふうにできてるんじゃないのかな、世の中って」

香は、目に見えない森厳としたなにかを見つめているかのようだった。

「結のこと頼むよ」

「もういいって」

「でも漣には……」

「聞きたくねえんだって！」

「これだけは言わせて！」

たまらず出てしまった漣の大声より、さらに大きな声を香はかぶせた。

「誰がなんと言おうと、この人生に悔いはない。私は幸せだったんだから」

漣は、絶対聞きたくない言葉を聞いてしまう。

その言葉を胸に、これから生きていけというのか？　まだ奇跡は起こる。信じていた。現実を認めたくなかった。なにかが胸に当たった。床に落ちたそれは、どんぐりだった。ころころと転がっていた。

香が投げたのだ。

「行けよ。もうここはいいから」

「なんでそんなもの持ってんだよ」

香はくぼんだ目で微笑んだ。そして、香は言った。

「行けよ、漣」


十月になると、香は一時退院をした。

抗癌剤の使用をやめ、モルヒネ系の痛み止めにシフトしていた。食欲はなく、痩せたままだった。車椅子で、クリームシチューを結のために作った。「結。偉い人にならなくたっていいからね。泣いている人や、悲しんでいる人がいたら、抱きしめてあげられる人になりなさい」三歳の結は香を見つめていた。結が香の病状をどれだけ理解していたのかはわからない。おそらく理解できていないだろう。でも、お母さんが今、自分になにか大切なことを伝えようとしている。それだけは頭のどこかでわかっているようだった。おまえに残そうとしているんだよ、お母さんは。生きていた証を。漣は心の中で結に言った。

写真も撮った。香は気に入らないのか、もう一回と、何度も撮り直しを要求した。

部屋を見ると、押し入れにあった大学時代のノートや本や雑誌が縛られていた。服もビニール袋にまとめられていた。疲れたのか、ベッドで眠っていた。自力で車椅子から移ったようだ。おまえはいつもそうだ。自分のことは全部自分でしようとする。

「泣きたい時はさ、泣いてもいいんだぞ」

香が眠っていないのはわかっていた。昨夜、夜、一人で泣いていたことも知っていた。

「じゃあ、今から泣く」

香は天井を見つめながら声を出した。

「私、泣くよ」

「うん」

「泣くよ」

「うん」

香が吹き出した。漣も笑った。眠っていた結が起きそうになった。二人は、声をひそめて、静かな夜の中、いつまでも笑い続けた。

それから六日後だった。

高橋英和　平成二十六年　美瑛

なんでこんな目にあわなくてはいけないのか。

喪服を着た高橋英和(ひでかず)は、息子の漣が生まれた時のことを思い出した。

「平成初の赤ちゃんですよ」と助産師に言われて、本当に赤ん坊の漣を落としそうになった。本当に落としそうになったんだよ、漣、俺は。話を盛っていたわけじゃない。自転車を買い与えたら、どこまでも走っていった。危ない。俺の見えないとこに行くな。英和は突っ走る漣の自転車を追った。一本道の点になるくらい向こうに行ってしまった。追い付けなかった。十二歳の頃、女の子とキャンプ場に逃げた時は驚いた。こいつは俺とは違う。さすが上富良野の病院で平成初に生まれた男だ。いつか時代の先端に行く男になるのではないか。親バカだった。所詮自分の子だった。でもな、漣、普通に生きていくことはおまえが思うより、余程大変なことなんだぞ。英和が言わなくても、漣はもう知ってるだろう。二十五歳にして連れ合いを亡くしたのだから。あの時、上富良野の病院でもう少しで床に落ちるところだった赤ん坊が、今、妻の遺影を見つめて立ち、娘の手をしっかりと握っている。

漣も結も涙ひとつ見せていない。

泣き続けているのはあいつだけだ。

「頑張ったなあ。香、頑張った」

桐野昭三が娘の棺に抱き着いて号泣していた。

結が、漣の手から離れて、昭三の元にとことこと歩いていった。母親が入院して、英和の家に預けられている時も、寂しい顔ひとつ見せなかった子供だった。漣が迎えに来ると、ぱっと顔が輝いていた。結は、昭三の背中にぎゅっと抱きついていた。漣は妻の遺影を凝視していた。その背中が幾分傾いていた。ちくしょう。なんでこんな目にあわなくちゃいけないんだ。あの時、床に落としそうになった赤ん坊の、これが未来なのか。

「あなたがいちばん泣いてるわよ」

妻の智子（ともこ）に声をかけられて、英和は、泣いているのは昭三だけではないことを知った。

高橋漣　平成二十六年　美瑛

結が寝ていないのはわかっていた。

香にそっくりだった。なんでも自分の中で解決しようとする。

通夜の時、「お父さん」と声をかけてきた。お母さんはどこに行っちゃったの？　と尋ねるのかと推量した。答えまで考えていた。結は「痛い」と言った。漣が結の手をすこぶる強く握り締めすぎていたのだ。漣は喪主として、泰然と香を送ろうと考えていた。取り乱さない。決めていた。無理な我慢が、結を握り締める手の力に集中していたらしい。結は涙ひとつ見せていなかった。自分が泣いたらお父さんが心配すると気遣っていたのかもしれない。

子供はそんな必要はない。いいんだよ、我慢しなくて。お母さんのようにしなくてもいいんだ。大切な人がいなくなっても、結、おまえがいる。俺がしっかりするからな。香と約束したから。俺は大丈夫だ。結がいるから。結と、あっちの世界に行ってしまった香と、これからも一緒に生きていく。俺は大丈夫だ。

そして漣は、眠っている振りをしている結に声をかけた。

「泣きたい時はさ、泣いてもいいんだぞ」

園田葵　平成三十年　シンガポール

赤道直下に位置する五十以上の島々で構成される都市国家。

それがシンガポールだ。

東京二十三区と同程度の面積しかないのにもかかわらず、人口密度は世界二位。小さな島々に大勢の人間がひしめているのだ。一人当たりのGDPは、日本の一・五倍で、世界八位だ。物価も一般的な給与水準も日本と大差はない。違いは、富裕層の割合だ。法人税、所得税が安く、相続税がないこの地に、外国人高所得者も多く移住してくるのだ。

シンガポールは約五十年前に、マレーシアから分離独立した。国内マーケットの小ささゆえに、外資企業の誘致に乗り出した。島を埋め立て、工業地帯を整備し、外資を優遇した。発展の理由は、立地にもある。シンガポール港は、太平洋とインド洋を結ぶ要所にあり、六百の港と百二十三カ国と繋がっていると言われている。今では世界で二番目に大きい港で、世界中の貨物が集まる場所となった。東南アジアの金融センターとしても発展し、都心部には高層ビルが林立している。シンガポール人だけでなく、欧米人が街を行き交う。国際ビジネス都市なのだ。

葵がシンガポールに初めて訪れた八年前には、屋上にインフィニティプールのあるマリーナベイ・サンズはできていたが、その後もガーデンズ・バイ・ザ・ベイが開業し、灰色のジャングルにならない緑の都市は、さらに発展を続けていた。

「昔はこっちから沖縄や東京にネイルをしてもらいに行ったけど、今ではここで待っていれば、日本人のほうからやってくるのね」

最初のネイリスト事務所で働いていた頃、シンガポール人のセレブの女性に言われたことがある。派遣されたホテルのプールサイドだった。その頃の葵は貧しかった。給料が予想より多くなかったからだ。シンガポールは賃貸物件があまりなく、ワンルームの部屋はほとんど見かけない。何人かでシェアするようになっており、玲子が葵をシンガポールに呼んだ理由のひとつが、ダウンタウンにある賃貸マンションの家賃をシェアする相手を探していたからだとわかったのは、ここに来てからだった。

治安もよく、街にはパワーが漲っていたが、一年中湿気のある気候だけはなかなか慣れなかった。今でも慣れていない。

それでも私はここで生きて来た。八年間、ここで生きて来た。

葵は鏡に映る自分を見つめた。

さすがに歳を取った。来年は三十歳になる。歳のせいばかりではない。疲れが顔に出ていた。まさしく怒濤の日々だったのだ。一日も休まず働き続けた。この八年間はあっという間に過ぎた。過去を振り返る余裕もなかった。もしかしたら人を傷つけてしまったかもしれない。全員に好かれることはないのだ。経営者として覚悟を決めた。ここに来た頃の自分は、社会のことなどなにも知らない子供だったのだ。

ドレスは地味な色を選んだ。今日は成功を祝福する日ではない。実際、成功と呼べるほどの莫大な売り上げがあるわけではない。社員が増えたのは、規模を広げようとしているからだ。常連客と世話になった人々に集まってもらったのは、会社を拡大するための戦略の一環なのだ。葵は、個人の力で会社を引っ張るほどの能力はない。大切なのは仕組み作りであり、仕組みが、会社を引っ張るのだ。

あと一年遅ければ、今の自分はなかっただろう。葵は七年前を想起した。

外国人を積極的に受け入れて経済発展してきたシンガポール政府は、職が奪われているという国民からの不満が噴出し、七年ほど前から政策転換し、ビザ取得が厳格になったのだ。

最近、どこの国も変わらない自国民優遇である。アメリカではトランプ大統領が就任し、イギリスは、国民投票の結果、ＥＵ離脱を選択していた。こんな時代になるとは思っていなかった。法人登記や口座開設が簡単で、外国人でも起業しやすかったシンガポールの政策の変り目の前で助かった。葵は起業に間に合ったのである。

起業のきっかけは高木玲子だった。

シンガポールの公用語のひとつは英語で、英語さえ理解できれば、最初に所属していた事務所の、派遣されてホテルやショップにネイルをしに行く仕事は、さほど難しくはなかったはずだ。葵も、給料さえもっとよければ満足していただろう。玲子はシンガポールに来て一年経ってからも、英語が覚束なかった。ネイルの技術も進歩していなかった。葵のように、英語を完璧にするために勉強したり、街に出てネイルの流行を観察したりすらしなかった。海外で働いている自分に酔っていたのかもしれない。時間が空くと、スマホで日本のネットの掲示板を見ていた。日本にいるのと変わりはなかった。玲子に英語を確実に学んでもらおうと、英会話教室を探していた矢先だった。

スマホに電話がかかってきて、葵は取るものも取り敢えず警察署に駆けつけた。

玲子は顔が腫れあがっていた。

誰かに殴られた痕だとすぐにわかった。幼い頃、鏡で見た自分の顔の痣にそっくりだったからだ。久しぶりに血のにおいが口の中に蘇った。

「注文と違うって、客と揉めて」

玲子が言ったのはそれだけだった。日本人ネイリストに期待していた客が、玲子の技術のなさに怒ったのか。あるいは意思疎通ができなかっただけなのかはわからなかった。

「たいへんなことをしてくれたわね」

警察官と話していた経営者の女性が、英語で玲子に話しかけた。

「私が殴られたんだよ」玲子は日本語で不服を唱えた。

「どんな理由があろうと、客と揉めちゃ駄目」

「馬鹿じゃないの？」玲子は経営者を睨んだ。

玲子はクビになった。

「帰ろう」

シンガポールの夜景を見つめながら、玲子はつぶやいた。

「どうせ逃げてここに来ただけだから。東京にいてもなにもなかったし。和歌山、帰る」

葵は怒りに震えていた。玲子をクビにした経営者にではない。経営者としては、ある意味もっともな発言だった。どんな理由であれ、客と揉めてはいけない。許せなかったのは、暴力だった。暴力そのものだった。人を殴る人間は許せない。どんな理由があったとしてもだ。

葵は通行人を睨んだ。

玲子を日本に帰してはいけない。暴力をふるわれて、逃げて帰ったら、やがて蘇り、うなされる毎日が待っているかもしれない。玲子を守りたかった。

大学でなにをしたいんだ。

水島に質問された時、答えられなかった。貧困は嫌だ。当時はそれだけだった。とりあえず経営学部に入ったのはこの時のためだったのだ。思い立つと、葵はすぐさま調査を開始した。当時シンガポールは、外国人でも起業しやすかった。日本人ネイリストは、たしかに人気があった。日本人というだけで優遇されていた。アートのように繊細だと驚嘆されたこともある。日本では普通のネイルだった。特段の技術を要したわけでもなかった。これはビジネスチャンスだと思う。中目黒で働いていた時、店長の池宮さんが熱く語っていた言葉を自分のものにする好機だった。店舗のない派遣型なら開業資金も少なくて済む。最初は玲子と葵だけで、うまくいったら日本からネイリストを呼ぶ。

派遣型なら運転手が必要だった。冴島亮太に声をかけた。冴島は玲子がクビになった事務所で、ホテルやショップにネイリストを送迎していたので、顔が利いた。こう見えても僕、帰国子女なんですよね。冴島は父親の仕事の都合で幼い頃、オーストラリアで過ごしていたらしい。英語は完璧だった。冴島がシンガポールに追いかけて来たのは、オーストラリア人の女性だったらしい。おもしろそうですね。冴島は協力を申し出た。

起業できたのは、冴島の存在も大きかった。

元事務所の客を取る形で営業を始めたのだが、元事務所は、日本人ではない中華系のネイリストを日本人と詐称していたり、客に法外な値段を吹っ掛けたりしていたので、評判が悪かった。冴島が、本当の日本人がここにはいますよ、とホテルやショップの人間にささやくと、仕事が回ってきたのだ。元事務所が察知する頃には、経営は追い詰められ、今、あの事務所は携帯電話ショップになっている。「ここで待っていると日本人のほうからやってくるのね」とホテルのプールサイドで語っていた、シンガポール人セレブの女性が、葵のネイルを気に入ってくれて、友人たちを紹介してくれたのも大いに助かった。彼女もまたスマートフォン向けのアプリで起業し、今はＡＩ事業を展開している起業家だった。中国系のシンガポール人だと推測していたら、香港から来たらしい。彼女に、会社設立手続き、契約書類の英語の書き方を学んだ。

それでも起業するまでは、葵は慎重だった。

なにより事務所の家賃が高い。派遣型といえども、信用を得るためにも事務所は必要だと考えた。実は金はあった。キャバクラ時代からこつこつ貯めた貯金と、水島の金だ。水島の金は別の口座を作り、入金して以来一切手を付けていなかった。その金は使いたくなかった。自分の金で起業したかった。失敗したくないので、起業について勉強もしたかった。玲子にも英語を学んでほしかったし、ネイルの技術を磨いてもらう時間も必要だった。

日本人ネイリストは二人しかいなかったのだから。

だから玲子と冴島と、開業資金調達のため、アルバイトをした。キャバクラで稼げばいいじゃん。こっちにだってあるよ。玲子は手近な道を選ぼうとしたが、後戻りするようで嫌だった。ホテルの清掃、中華料理店の皿洗い、日本人観光客向けのツアーガイドのバイトは全部葵が見つけた。英語とネイルの技術磨きも毎晩二人で行った。玲子はへとへとになり、こんなに苦労するなら日本に帰ったほうがましだと嘆くようになった。起業するというのは簡単なことじゃないんだよ。葵は玲子に忠告した。玲子と二人で、冴島と含めて三人で、一緒に働き、成功を摑もうとしたあの準備期間が、思えばいちばん楽しかった。

日本人観光客向けのツアーガイドのバイトをしていた時、団体客の昭和の感覚丸出しのおじさんに、葵は尻を触られた。まったく。まだこういう人間が存在しているのかと、葵がため息をついた瞬間、玲子が「お待たせしました、こちらです！」と割って入った。

かつてキャバクラで、葵を助けてくれたように。「待ってねえよ、おまえなんか」と、おじさんたちに邪険にされた。玲子にとって、葵はまだ妹のように守るべき存在らしい。

「男なんてどこ行っても同じかよ！」

その夜、たまにははめを外そうと、玲子に誘われたクラブで、玲子は大音量の中、そう叫んでいた。

今度は私が守るから。葵は玲子を見た。そして叫んだ。私ね、玲子。守られる人じゃなくて守る人になりたい。握った手を絶対離さない人に。玲子には聞こえなかったようだ。聞こえていなくてもよかった。また叫んだ。

「どこまでも行くよ！　二人で！」

ＡＯＩ＆ＲＥＩ　ＢｅａｕｔｙＮａｉｌＳａｌｏｎの事務所開きは三月だった。あと数カ月でも遅ければ、就労ビザ問題に追われ、起業もできなかっただろう。その日のことはよく覚えている。

事務所に取り付けたテレビをつけた瞬間、あの光景が目に入ってきたのだから。

三月十一日だった。

玲子も冴島も無言で立ち尽くしていた。その場所から三人は遥か遠い場所にいた。

起業から七年。私はここまで来た。

鏡を見ていた葵は、大きく息をつくと、起業七周年のパーティー会場に向かった。華やかな服装をした人々が集まっている。シンガポールに来る前、自分の人生でなにがあったのかを、もう葵は思い出そうともしなかった。ここまで来た。私は自分の力でここまで来たのだ。

高木玲子　平成三十年　シンガポール

「日本は人口減少で、内需主導には限界が見えてるでしょ？　これからの日本は、アジアに進出しなければ話にならないのよ。だからここに来たの。でもここまで成功するなんてね。自分を褒めてあげたい。日本に帰りたいなんて一度も思わなかった」

高木玲子は、雑誌記者のインタビューに英語で答えた。

渋谷のキャバクラで働いている時、客に散々聞かされた話を流用しただけだった。内需主導ってなに？　完璧な英語だった。八年もいれば誰だって英語ぐらい話せるようになるのだ。ここに来た当初、葵に、英語力に不安を持たれ、英会話教室に行くことを勧められたが、大切なのは英語力ではない。ネイルの技術でもない。玲子は当時から一貫していた。

大切なことは別にある。

周囲には着飾った人々が大勢いた。会社の常連客たちだ。玲子が見たこともない人々もいた。どこかで世話になった人たちなのだろう。葵が挨拶に回っている。もっと派手な服を着ればいいのに。葵は相変わらず腰が低い。経営者としての威厳がまるでない。会社名はＡＯＩ＆ＲＥＩで、玲子も共同経営者の一人なのだが、実質的な経営者は葵だった。葵がいなければ今の自分はなかっただろう。

初めて葵を見たのは、渋谷のキャバクラだった。未成年だった。

和歌山にいるふたつ違いの妹を思い出した。

父親は小学校の教師で、母親は専業主婦。和歌山の暖かい気候の中、仲のいい両親の愛情に包まれて育った玲子は、近所のおばさんにも学校の先生にもクラスメイトにも、いつも笑顔で話しかけた。人見知りってなに？　妹に聞いたぐらいだ。妹は、いつも一人だった。なにかがあったわけではない。家族とは普通に話す。でも家族ではない他人と話すと、緊張して顔が真っ赤になってしまうらしい。どうすれば他人とうまく話せるのかわからない。妹は涙を流しながら訴えた。うまく話そうとなんかしなくていいんだよ。それより大切なことがある。玲子は妹に伝えた。

たったひとつの大切なこと。それさえ覚えていれば大丈夫。

それは、やさしい人になること。

妹は次の言葉を待っていた。次はなかった。やさしい人になること。人生で大切なことはそれだけだ。玲子は今も確信している。実践してきた。どんな人にも分け隔てなくやさしく接すること。他に大切な物が世の中にあるのだろうか。みんながやさしい人になれば、世界はもっと平和になるのに。時には横暴な人も卑怯な人もいる。暴力をふるう人だっている。でもその人を恨んではいけない。やさしい人になれなかったその人が、どうすればやさしい人になれるのだろうかと考えるのだ。

キャバクラで働き始めた時の葵は妹に似ていた。

井の頭線の渋谷駅へ走る葵を呼び止めた。当時、葵は町屋に住んでいた。町田だっけ？細かいことはどうでもいい。

やっぱり駄目でした。そもそも人と話すことが苦手なんです。葵は言った。じゃあなんでこの仕事を始めたの？ なんて聞いてはいけない。玲子は、終電間際で焦っていた葵に、うち、下北だから、来る？ もっと話そうよ、と誘った。こんなに長い付き合いになるとは予想だにしなかった。いつものようにやさしく他人と接しただけだ。

葵がどんな幼少期を過ごしたのかは知らない。内にこもる癖があるように見えた。酒も弱かった。何度玲子が助け舟を出したことだろうか。妹にも同じようにした。みんなの中に入っていこうよ。世界はあなたが思っているよりもっと楽しいよ。難しく考えちゃ駄目。やさしくすれば、人もやさしく返してくれる。

教養は人を変える。

妹がそうだった。地元の進学校に合格すると、玲子を見下すようになった。露骨に見下すのではない。黙ってひとつ息をついたりする。こんなことも知らないの？　憐れむような顔を向ける。それでは自分が他人より少しでも優位に立たなければ満足できない最低な人間たちと同じではないか。常に相手よりも自分が勝っていると確認したい。その考えこそ諸悪の根源だ。なぜ人は優位に立とうとするのだろう。知識はなんのために学んだの？　人を見下すため？　学校の勉強より大切なことがあるのに。たったひとつでいいのに。

葵もそうだった。大学に入ってから変わった。こんな仕事は生活のためで、本当の自分は違う。そんな雰囲気を醸し出し始めた。玲子は本当はなにがしたいの？　と聞かれたこともある。まるで玲子が底辺をさまよっているかのように。

私は好きでこの仕事をしているの。人と話すのが好きなの。

中目黒のネイルの仕事も玲子が紹介した。葵は真面目に技術を磨く。玲子にアドバイスをするようになった。下北沢のマンションで一緒に住んでいた時も、もっと計画的に使わないとお金なんかすぐになくなっちゃうよと諭された。やさしい口調で言う。あなたのことを思ってるんだよ。言外に含まれているように話す。でも玲子にはわかる。他の人と同じ。自分が優位に立ちたいのだ。

妹も同じだった。なにがやりたいの？　お姉ちゃん。高校を卒業して和歌山のキャバクラに勤め始めた時、軽蔑するような目を向けた。将来のこととか考えないと。妹は国立大学に進学して、将来は父親と同じ教師になりたいらしい。どんな職業でも必要だからあるんだよ。幼い頃の素直な妹に戻ってほしかった。妹は、大きなため息をついた。

決定的だった。あなたもまた、人より優位に立たなければ気が済まない人間なんだね。父親は自分と同じ職を目指す妹を見て目を細めた。母親は妹の肩を持つようになった。なにがやりたいのよ、あなた。どうしたんだよ、おまえは。両親が責めるようになった。

だから和歌山を出た。そして東京。シンガポール。

私はいったいどこに向かっているんだろう？

「飲みすぎないで」

挨拶回りをしていた葵が、知らないうちに近くに来ていた。

私のお姉さんにでもなったつもり？　心の中でつぶやき、玲子は笑顔を作った。

シャンパンを一気に飲んだ。

ここまで来たのは葵の力だった。自分の力ではない。わかっている。起業しようと誘われても、玲子は方法が皆目わからなかった。二人で細々とやっていくのだと高をくくっていたら、葵は規模を広げた。中目黒の池宮さんと連携して、日本人ネイリストをシンガポールに呼んだ。元々技術のある人たちだから、評判を呼び、最盛期は五十人以上の日本人ネイリストが入国したこともある。二階の一室だけだった事務所は一階にまで広がり、ＡＯＩ＆ＲＥＩ　ＢｅａｕｔｙＮａｉｌＳａｌｏｎの看板も大きくなった。

日本人のビザ取得が難しくなると、これからは日本人だからというイメージに頼るのはやめようと路線変更し、地元のネイリストを雇った。技術のない人は即刻解雇した。判断は驚くほど速かった。経営者としては仕方ない。葵は断言した。キャバクラにいた頃の葵とはすっかり変わってしまった。玲子は、解雇されるネイリストをやさしい言葉で労った。評判が悪くならなかったのは自分のおかげだと自負している。夜食も手配した。みんなに安らいでほしかった。いつ解雇されるかわからない状況に、ネイリストたちは常にぴりぴりしていた。だが、残った者たちは当然技術が優れていた。評判はさらに跳ね上がり、店は発展し続けた。今はエステにまで手を広げようとしているらしい。いったいどこまで行くつもりなのだろう。玲子は、五年前、高層マンションに引っ越した。自由になる金が増えたのだ。成功に酔いしれ、和歌山の妹に久しぶりに電話したら、そんな仕事、と嘆かれた。変わっていなかった。キャバクラもネイリストも、教師になった妹にとっては、優位性がまったく揺るがないらしい。人より優位に立つことが、あなたの人生の目的？　戒めてやりたかった。

なぜ人は、他人より優位に立とうとするのだろう。

やさしい人になること。大切なのはそのことだけなのに。

「ここまで来たのは葵のおかげだよ。私はなにもできなかった」

玲子は、葵の自尊心を満たすような言葉を放った。

運転手だった冴島亮太が見えた。冴島は変わらない。素直でいい子だ。冴島は、葵の側で経営を学んでいた。声を荒らげる姿を一度も見たことがない。誠実な人間だ。葵に好意を持っている。葵は相手にしていない。かわいそうに。

「本当に葵のおかげ」

私が心の中であなたを憐れんでいることに、気づいていないでしょう？　玲子は葵の前で笑顔を絶やさなかった。あえて馬鹿の振りをした。起業した頃からだろうか。葵は、玲子を守るべき存在として扱うようになった。ネイルの技術も英語も、自分より劣る玲子を、下の存在と見たのだ。妹と同じ。自分が優位に立ちたいのだ。

葵はしみじみとしたような顔で、シンガポールの夜景を眺めていた。

屋上からダウンタウンが見えた。最初に住んでいた場所だ。

今、玲子は、着飾り、見下ろしている。

「でもまだまだこれからだよ」いつになく強い口調なのが自分でもわかった。

「もっと大きくしたい。この先になにがあるのか見てみたいの」

私だってできる。やろうと思えばいつだって。玲子は葵を見据えた。

「私たち二人でね」

冴島亮太　平成三十年　シンガポール

嫉妬だ。世の中でいちばん厄介なのは嫉妬だ。

冴島亮太は、高木玲子の不在のデスクを睨んだ。

起業七周年パーティーが終わった日から、もう三日間、連絡が取れなかった。玲子がいなくても店に別段の支障はない。共同経営者でなければ真っ先にクビになっていただろう。玲子は会社のお荷物であり、爆弾なのだ。

「今日の予定はラグナホテルに十人派遣。二週間の契約だから人員確保お願いします」

葵はホワイトボードを指さしながら、流暢な英語で社員たちに説明している。

社員は冴島も含めて、十人になった。

「これらのネイルサロン五軒にもそれぞれ五人ずつ。三カ月の契約が取れています」

葵は気づいているのだろうか。いや、おそらく気づいていないだろう。玲子が葵に嫉妬していることを。ここにいれば誰でもわかる。玲子本人はたぶん自分がやさしい人間だと、陶酔している。露骨に嫉妬の感情を撒き散らすくせに。心の中でなにを考えているのかは丸わかりだ。下劣な人間性が透けて見えているとはまったく認識していないから厄介だ。

「どう思ってるんですか」葵に聞いてみたことがある。

「玲子さん、共同経営者なのになにもやってないじゃないですか」

葵は技術のないネイリストに解雇を言い渡さなければならない。残酷に。一言で。経営者としては当然の判断だ。解雇されたネイリストたちは憤懣やるかたないだろう。クビにするならまずあなたの共同経営者でしょう。的を射た指摘が聞こえてくるようだった。玲子はネイルの技術も、ブロークンすぎる英語も、ことごとく劣っていた。努力すらしない。

そして露骨な嫉妬の感情を撒き散らす。

玲子はなにもしていないわけじゃない。葵は玲子を守る。ネイリストたちを労り、時には夜食も用意してくれる。そういうことが大事なの。

葵と玲子の間になにがあったかは知らない。長年の友人らしい。友人だからこそ、目がくらむのだろう。玲子がなにを考えているのか、葵はまったく感知していないのだ。だから経営者として当然の判断もできないのだ。

葵はすべてを一人で抱え込む。経営者になってから、自分が変わったと感じているようだ。全然変わっていない。出会った頃と同じだ。人を疑わない。人の悪口を言わない。憎しみも怒りも嫉妬の感情も人間だからあるだろう。でも全部自分の中で処理する。酒を飲んで発散することもない。普通ではない。そう、普通ではないのだ。

葵は社内に相談する相手もいなかった。一人で抱え込んでいたらいつか葵は暴発する。冴島は、葵の側で秘書のように、経営の手助けをした。そうしたかった。この人を一人にさせてはいけない。

葵はネットの世界にまるで関心を示していなかった。世界中に繋がってるんですよ。冴島は助言した。たとえば好きだった人も、学校のクラスの連中も、ネットを見れば今、なにをしているのかわかるじゃないですか。こんな便利なものを使わない手はないですよ。冴島は、フェイスブックもツイッターもインスタグラムも常に更新していた。

世界中に繋がっていても、繋がれないものもある。大切なものに限って繋がらない。

意味がよくわからない理由で、葵は及び腰だった。経営者がそれでは駄目です。好きとか嫌いとかではないんです。グーグルの検索で引っかからない会社は、存在していないのと同じなんです。冴島は、自分で更新していた会社のホームページの作業を葵に促した。

売り上げがよくなり、「冴島くんがいて、助かった」と感謝された。葵は目の前の問題に対処することは、経営者として有能だ。今、なにが起こっているのか、なにが問題なのかを考えて、的確に処理する。でも裏で、人間がなにを考えているか、どんな感情を持っているかということについて、無頓着だ。事実だけしか見ない。そこにあえて目を瞑っているようにさえ思える。だから玲子の嫉妬の感情に気づかない。

「誠実だよね、冴島くんは。昔から変わらない」

仕事のトラブルに対処した時には、お褒めの言葉をいただいた。ああ、この人はなにもわかっていない。冴島は嘆いた。俺ぐらいどす黒い人間はいないのに。

冴島は世の中というものを一切信用していなかった。そもそも人間が嫌いだった。だから一人でシンガポールにやってきたのだ。付き合っていた女性を追いかけてきたわけではない。自分のことを誰も知らない遠い異国に行きたかっただけだった。

葵は未だに冴島のことを帰国子女だと思っている。幼少期を過ごしたのはオーストラリアだ。でも父親は、冴島が六歳の頃には、東京の世田谷に戻っていた。英語は独学だ。英語どころか、すべての教科が独学だった。学校にほとんど行ってなかったからだ。行く意味はなかった。たいていのことは見た瞬間にわかったからだ。自分が今、なにを知らないのか、どこを学ぶべきなのか、どうすれば効率よくその知識を得られるのか。最初にバッターボックスに入った瞬間に、ヒットの打ち方がわかった野球選手のように、的確に判断できた。だから高認を取って国立大学に進学することは難しいことではなかった。なんでこんな簡単なことが他の人にはわからないのだろう？　毎日学校に行き、受験勉強に苦しむ人間が信じられなかった。

俺からなんでおまえのような子が生まれたのかな。

父親は苦笑していた。父親は高卒だった。いや、高校も卒業していないかもしれない。十七歳の時、渋谷でスカウトされ、モデル事務所に入り、二十歳の頃に出演したおしゃれな教師役のドラマが当たったのだ。経験はなかったが、台本を読み、カメラの前に立った瞬間に、自分がなにを求められ、なにを演じればいいのかが、瞬時にわかったと聞いたことがある。以来、主演作を何本か撮り、平成元年には主演ドラマが視聴率四十%を超えた。だが数年後、俳優、冴島竜太郎(りゅうたろう)は、元モデルの妻と幼い子供と共にオーストラリアに突然移住した。これからは子供のためにも地に足をつけた生活をしたいんです。インタビューに答える父親を見たことがある。地に足をつけるどころか、酒ばかり飲んでいた。妻とも離婚した。

時代の最先端に行っては駄目なんだ。時代の渦中にいてもいけない。

幼い冴島に父親は語ったことがある。二番手、三番手ぐらいがちょうどいいんだ。大きく勝つと、次の時代の壁が人より高くなる。大きな大きな壁になるんだ。なぜかわかるか?嫉妬だよ。人間は一番上の者を引きずり下ろしたくなるんだ。覚えておけ。それが人間の習性だ。嫉妬しない人間なんてそもそも存在しないんだ。誰もが本当は特別な人間になりたいんだ。なれなかったとしても、せめて価値観だけでも正しい側にいたいんだ。最先端に立つと、そんな奴らの格好の餌食になる。嫉妬という負の感情を一身に浴びるとどうなるかわかるか？　魂が死んじまうんだよ。自分が本来なにを好きだったのかも忘れちまう。二十代で世に出ないことだな。四十代で必ず息切れする。栄光があった分、惨めな人生になる。まあ、見てろよ。いずれ今の最先端の価値観も、引きずり下ろされ、嘲笑されるようになる。栄枯盛衰だよ。同じことの繰り返しだ。時代はそうやって回っていくんだ。

子供に言い聞かせるような話ではなかった。なにが時代の最先端だ。興味もなかった。

冴島竜太郎はたしかに平成初期に時代の最先端に立っていたようだ。

オーストラリアでの生活に困窮して、帰国した冴島が小学校に行くと、冴島竜太郎の名前はクラスメイトは知らなくても、親たちが知っていた。たちまち冴島は『トレンディ冴島』という渾名（あだな）をつけられた。トレンディってなんだ？　未だにわからない。クラスメイトたちは冴島を嘲笑（あざわら）った。一世を風靡した俳優の息子への嫉妬だったのかもしれない。海外から帰って来たので、空気を読むというドメスティックな立ち居振舞いを冴島は知らなかった。持ち物がなくなり、理由もなく殴られた。いじめという言葉も知らなかった。

中学校二年生の時、学校に行くのはやめた。部屋にこもり勉学に励んだ。

自力で大学に合格して、久しぶりに街を歩く大勢の人を見た瞬間、怒りが沸点に達した。

みんな普通に歩いていた。でもこの中の全員がいじめの当事者か傍観者だった。いじめのない学校はありえない。そんなことはうちの学校ではなかったという人間は事実から目を塞いでいるだけだ。あったはずだ。全員にあったはずだ。よく思い出してみろ。誰かが傷ついていても、傍観を決め込んだ奴らが、普通に街を歩いている。なにごともなかったように歩いている。おまえらみんな人に深い傷を負わせた犯罪者だ。

銃があったら乱射していただろう。

若かったのだ。今ではどうでもいいことだ。これ以上父親の過去の栄光にふりまわされたくなかった。大学を中退し、冴島竜太郎の名前を知らない異国の地、シンガポールに逃げるように一人で移住した。この地では、誰も冴島に嫉妬の目を向けなかった。誠実そうに振舞えば、人は誠実な人間として見てくれる。簡単なことだった。誰も他人の内側には興味はないのだ。

園田葵は、今まで会ったどんな人間とも違った。

最初に会った時から感じていた。シンガポールのチャンギ空港にスーツケースを持って現れた時からだ。葵は冴島竜太郎という名前も知らなかった。テレビを見ない幼少時代を過ごしてきたらしい。今までどうやって生きてきたのだろう。興味が湧いた。

二人きりになった時、聞いてみた。葵はすっと心を閉ざす。シャットアウトだ。飯でも食べに行きませんか。誘っても乗って来ない。会社の話ならなんでもする。個人的な話、今まで付き合った男の話を軽く振ってみると、じゃあまた明日ね、と帰っていく。話は終わりだ。七年間も、誠実に葵の側で身を尽くしたつもりだ。出会った頃の、なにも考えていない運転手の若者というキャラが染みついているのだろうか。この人に自分をよく見せたい。この人に認めてもらいたい。そんな感情に自分が包まれるとは思いもよらなかった。そうしているうちに、冴島は自分が本当に誠実な人間になったような錯覚を覚えた。

大人になった元クラスメイトのＳＮＳを夜毎見て、罵詈雑言を心の中でつぶやくこともしなくなった。冴島竜太郎という名前がネットに出ていても、動揺しなくなった。

変わったのだ。俺は園田葵との七年間で大きく変わったのだ。冴島は葵を見つめた。

あの街に行っても、もう銃を乱射したいとは思わないだろう。

園田葵　平成三十年　シンガポール

「玲子さんですよ」

葵が連絡を受けて事務所に駆けつけた時、冴島は怒っていた。

だから言ったじゃないですか。心の声が聞こえてくるようだった。

「銀行から何度も電話が来てます」

社員たちも電話対応に追われながら、葵に目をやっていた。

「会社の金、不動産に投資して、騙されたみたいです。勝手に銀行で借金までしてます」

葵は玲子の携帯電話に連絡した。

「出ませんよ」

冴島の言う通りだった。冴島も何度も電話していたのだ。冴島が睨むように葵を見ていた。

冴島の本当の顔かもしれない。誠実な振りをいつも装っているけれど、心の中にどす黒いものを抱えていることは、出会ってすぐにわかった。

同じような人間が集まって来るんだ。関係ないなんて言いながら、心の内で抱えていても、それが周囲に伝わって、同じような人間が引き寄せられてくる。

水島が語った言葉は本当だった。海外においても変わらなかった。

冴島が過去になにがあったのかは知らない。

そういう人間とは出会うべくして出会ってしまうのだ。自分の運命らしい。葵は心の中で苦笑した。そして冴島とは距離を取った。起業して、七年間の生活でわかったことは、過去は見つめ続ければ続けるほど、追って来る、目の前にあることに対処して、走り続け、脇に置いておけば、やがて消え去るということだった。冴島もそうだった。おそらく誠実な人間を演じていたのだろう。誠実な人間を演じて、目の前のことに夢中になっているうちに、本当に誠実な人間になっていた。

「どうするんですか。明日までに返済しないとうちは潰れますよ」

わかっている。一呼吸置いただけだ。目の前のことに対処する。そうやって七年間も生きてきたのだ。だがこれはこの七年間で最大のピンチなのは間違いない。

タクシーを拾って、玲子の住むマンションに向かった。

嫉妬しているんですよ。玲子さんは葵さんに。気づいてないんですか？　なにもできないのを自分のせいにしないで、葵さんのせいにしているんですよ。冴島が酒を飲んだ時、絡んできたことがある。そういう時の冴島はどす黒さを隠そうともしない。心の中が透けて見えているとはまったく認識していないのが、おかしかった。

冴島は本当の玲子を知らない。

今まで出会った友人の中で、あんなにやさしい人間はいない。まるでやさしい人間になることを自分の使命としているかのようだった。知識も教養も大切だ。生き抜くためには限りなく重要なものだ。でもそれより重要なものがある。玲子は全身で教えてくれているかのようだった。玲子が好きだった。玲子がいなければ、葵はここまで来られなかった。

マンションの前に到着した時、一台のタクシーが停まっていた。

玲子はスーツケースをトランクに入れようとしていた。

目が合った。瞬間、玲子はタクシーに駆け込んだ。その手を摑んだ。離さない。この手は絶対離さない。玲子は俯いていた。「どこまでも行きたかった」と、弱々しくつぶやいた。顔を上げると、玲子は今まで見たことのないような顔で葵をねめつけていた。

「私、一人で」

見下すような強い目だった。手が離れたのはその時だった。離れたのではない。離したのだ。葵は自分から握る手をゆるめたのだ。玲子はタクシーに乗り込んだ。ドアが閉まった。ごめんねと口が動いてるのが見えた。タクシーが去って行った。葵は、これからの会社のことや、玲子との関係が潰えたことより、手を離してしまったことばかり考えていた。私は手を離した。握った手を自ら離してしまったのだ。

数日後、葵はオーチャード通りを一人、歩いていた。

どこに行けばいいのかわからなかった。

玲子は、玲子なりのやり方で、会社の規模を広げることに協力しようとしたのだろう。共同経営者なので会社の金を使うことは簡単だった。だが不動産投資話は明らかに偽物だった。騙されたとわかった時に、すぐ助けを求めてくれれば対処する時間もあっただろう。なのに銀行への借金を選択した。銀行は返済を待ってくれない。エステまで規模を拡大しようとしていたことが仇になった。会社の預金も少なくなっていたのだ。銀行に返済する、個人的な金はぎりぎりあった。その金は使いたくない金だった。水島の金だった。でも最後に頼るのはその金しかなかった。返済し、社員たちに給料を払うと、運転資金も来月の家賃を払う金もなくなった。経営者としての判断はもうひとつしかなかった。技術のないネイリストを解雇する時のように、自分に宣告した。

この会社はこれでおしまいです。残酷に。一言で。

「これ、少ないけど」残った金の中から、冴島に給料を支払った。

「どうするんですか、これから」

冴島はさらになにかを言いかけたが、自分からその場を去った。一人になりたかった。

会社の清算作業が残っていたので、まだしばらくはこの地に居続けなければならない。でも、走り続けた七年間は終わったのだ。呆気なく終わったのだ。

私は自ら手を離してしまったのだから。葵はひたすら歩き続けた。

誰かを守る人間になりたかった。だがそれは、守る、と言った瞬間に、相手を下に見ていたことにもなる。気づくのが遅すぎだ。普通、人間がどう思うかということに、あまりにも鈍感すぎたのだ。経営者としては失格だ。これは起こるべくして起こったのだ。いつか暴発することを予期できなかった自分の甘さが、この事態を招いたのだ。

フードコートのような店が見えた。初めてシンガポールに来た時、玲子とワンタンを食べた場所だった。冴島はチキンライスを食べていた。あの時はまだなにも始まっていなかった。一角に日本食堂の店が見えた。新規開店したらしい。メニューを見て、葵はカツ丼を頼んだ。カツ丼を食べるのは久しぶりだった。葵は椅子に腰を下ろした。観光客らしき人々もいたが、夕方になるにはまだ早く、人は少なかった。

歩き続けてきた葵は汗をかいていた。この湿気にはいつまで経っても慣れない。

さて、これからどこへ行こう。いったいどこへ行けばいいのだろう。

誰かを守る人間になるということが、嫉妬の感情をこれほど喚起するとは知らなかった。大学の参考書には当然載っていなかった。ではなぜ自分は誰かを守る人間になりたいと考えるようになったのだろう。

カツ丼ができた。まずかった。米もぱさぱさしていた。店員はシンガポール人だった。これでは日本食堂とは言えない。経営もいずれ行き詰まるだろう。日本の音楽を流していた。この八年間の日本の音楽は知らないので、ポップな若い女性の声だけしか耳に入って来なかった。次の曲のイントロを聞いた瞬間、時間が止まったようにさえ葵には感じられた。

薪のはぜる音が聞こえた。

雪のロッジが脳裏に浮かんだ。

これからどこへ行くべきか。それ以前に、そもそも自分はどこから来たのか。その曲で、七年間眠っていたものが、脇に置いていたものが、一瞬にして鼓動し始めたのだ。

冷気を伴った北海道の風を感じたような気がした。葵はそこからやってきたのだ。

世界中を飛び回って生きていく。

それが始まりだったのだ。世界中を飛び回って生きていくことはできなかったが、たしかにそれが世界へ飛び出す発端だった。

美瑛の丘の流れる雲も鮮やかに蘇った。一人ではなかった。隣には無邪気な少年がいた。

函館で抱きしめられた時の、大きなものに包まれたような感覚もありありと思い出した。

でも今、葵の目の前にあるのは、まずいカツ丼だけだった。

私が帰る場所はもうあの北の地にはない。葵は自分に言い聞かせた。

人間には裏の顔がある。完璧な人間もいない。あたりまえのことだ。そんなことがわからなくて、この社会で生きていけるはずがない。私は変わったのだ。無力だった自分はもういない。私は十二歳の少女ではない。失敗しただけだ。一度失敗しただけだ。私は失敗したということを学んだのだ。そして葵は小さく声に出してつぶやいた。

「大丈夫。私は大丈夫」

涙を必死に堪えた。泣きたいけど、今、泣いてはいけない。そう思った。

その曲の歌詞が、こう言っていた。

どこにいたの。生きてきたの。遠い空の下、ふたつの物語。

第四章　逢うべき糸

高橋漣　平成三十一年　美瑛

「お父さんて、モテないの？」

七歳になった結が、まじまじと漣を見た。

やめてくれ。おまえまでそんなことを言うのはやめてくれ。漣は目をそらした。

お父さんにそっくりだな。結を見た人は口を揃えた。たしかに結の顔つきは、漣の家系だった。でも性格は香を受け継いだようだ。絶妙のタイミングで人の嫌がることを言う。観察力が鋭いのだ。モテないわけじゃない。漣は一応否定した。一年前に、北海道が大好きなんですと声を弾ませて、東京からやってきた、棚橋（たなはし）さんという年上の女性がチーズ工房で働きだしたことがある。チーズ工房の後輩たちは、どうやら漣と引っ付けたがっていたように見えた。先導していたのは矢部くんだ。すっかり中堅になった矢部くんは、棚橋さん、漣さんが好きみたいですよ、漣さん行っちゃってくださいよと、ささやくようになった。新人の頃の矢部くんは、いつも世をすねたような顔をして、少しでも尖った言葉を言うと内にこもっていたが、そんな姿はもうなかった。無理矢理連れて行かされた学生時代の友人との飲み会で、看護師の女性と知り合い、付き合い始めて人が変わったように明るくなった。時は人を変えるらしい。棚橋さんは、数カ月後には、やっぱり北海道はあんまり好きじゃなかったみたいですとぽつりと言い残し、チーズ工房を辞めた。漣さんのせいですよ、漣さんがかまってあげないから。矢部くんがしつこかった。

「いいじゃないですか。もう四年も経ったんですから」

ことさら優しい口調で付け加えた。

矢部くん、それは言葉が尖ってるよ。少なくとも俺にとってはそうだ。漣は笑顔を見せるだけだった。まったく。相手の言葉に敏感な人間に限って、自分の言葉には無頓着なのだ。優しい言葉が、時に人を傷つける。ということに気づかないのだ。何年経ったとかいう時間の問題ではないのだ。

香が亡くなってからすぐだった。

家の台所やソファー、車の助手席、旭川の郊外にあるショッピングモール、チーズ工房のあらゆる場所に、香が生きている時に放出した想いが、漲っているのを漣は感じた。

人間は死んで終わりではない。痕跡を残したすべての場所に生き続けている。

幽霊が見えるわけではない。香が生きていた時の気配を全身で感じることがあるのだ。普通に見ていた、ただの北海道の田舎町が、死者も存在する町になることによって、別の風景に見えることもある。別の視点の世界が心を落ち着かせるのだ。亡くなった香と、結と共に生きていくと誓った通夜の日の想いは、今でもいささかもぶれていなかった。

それなのに他人は、幼い娘を持ち、妻を亡くした三十歳になった男を放っておかない。特にこの小さな町ではそうだった。一人じゃやたいへんだろ。もう四年も経ったんだから。何度同じ言葉を聞かされたことか。父親もこの前言った。両親には世話になった。香が亡くなった時、結はまだ三歳だった。仕事中は上富良野の実家に預けるしかなかった。両親は結を可愛がった。女の子がほしかったんだよ。本当は女の子がほしかったんだ。父親は漣の前で繰り返した。仕事が終わると迎えに行き、香と住んでいた家に戻る。迎えに行くのが遅くなる時もあり、このまま結と一緒に実家に住もうかと考えたこともあった。結が拒否した。どんなに帰宅が遅くなろうと、自分の家に戻ることを結は望んだのだ。

結の中で香がどれくらい残っているのかはわからない。

香が入院していたことも、旭川のショッピングモールに行ったことも、通夜の日のことも、結は覚えていなかった。三歳だったのだ。あたりまえだ。でも、香の写真が飾られている小さな仏壇には毎日線香をあげ、花を取り替えるのも自ら率先してやった。偉い人にならなくたっていい。泣いている人や、悲しんでいる人がいたら、抱きしめてあげられる人になりなさい。お母さん、よくそう言ってたよ。漣は香の言葉を伝えた。

「知ってる」結は言った。

「覚えてた？」

「覚えてないけど、知ってる」

漣が何度も伝えたからだろうか。わからない。香の生前の想いが結を包み、本当に結は、知っている、のかもしれない。結は、母親がどんな人だったのか、自ら聞こうともしないように見える。結の中に、どれだけ香は生きているのだろう。

結と、亡くなった香がいれば充分だ。他にはなにも望まない。

死者の想いが残存している町の生活を漣は愛した。

それなのに結までもが、「お父さん、モテないの？」と揶揄する。

結は小学校に入ると、学校帰りにチーズ工房に寄ることが多くなった。矢部くんたちは歓迎した。仕事の邪魔になるから。漣が諭すと、「いいよ。いさせてやれ」とオーナーはチーズを結に与えた。フロマージュ・フレだった。漣が作ったチーズだ。二年前に完成した。『チーズ国際コンクール』は落選続きだった。エントリーすらされなかった。漣自身、納得のいくチーズが作れていなかった。失敗したチーズをフードプロセッサーにかけ終わり、俺はどうやら果てしのない夢を見ていただけだったのだと落ち込んでいた時、「おいしい」という結の声が聞こえた。フードプロセッサーにかけたヨーグルト状になったチーズをなめていたのだ。改良して、フロマージュ・フレとして店に出してみると、そこそこ評判になった。オーナーの、長い期間をかけて熟成するハード系のチーズの売り上げにはまるでかなわなかったが、この前は名古屋から来た観光客の夫婦の奥さんのほうが、二度目の来店らしく、これは癖になる味よね、ちょっと酸っぱいけど、ブルーベリージャムを添えてパンに載せて食べると、程よい味わいになるのよ、本当に癖になる、通販とかないの？　と尋ねた。漣のチーズを食べたくてわざわざ北海道に来たらしい。だから通販も始めた。そこそこ売れた。去年の『チーズ国際コンクール』には応募しなかった。そこそこでいいじゃないか。これが俺の人生だろう？　少なくとも自分のチーズだけは作り上げた。それでいいじゃないか。

そのチーズを香の両親に持って行ったことがある。

母親の春子はおいしいと褒めちぎってくれたが、父親の昭三はピーナツを食べていた。昼間なのに酒のにおいがしていた。

「漣くん」春子もその時、助言した。「もういいんだよ。もう四年も経ったんだから。自分のことを考えて。あなた、まだ若いんだから」

聞きたくなかった。昭三が漣を睨んでいた。昭三はいつも漣を睨む。

「香は、俺の宝物だ。俺はこれからも香の思い出だけと生きていく。でもおまえは違うだろ。

俺のように昼間っから酒飲んで、毎日を無駄にすんじゃねえ」

そんなことは言われたくなかった。昭三はピーナツを投げた。

「行け。もうここはいい。行け」

ピーナツを投げ続けた。香が物を投げるのは、桐野家の遺伝だったのだと漣は得心した。

「私も同じ気持ちだから」春子の目に涙が滲んでいた。香はここでも生き続けていた。


「お父さんはモテないわけじゃない」漣は結に言った。

今日も結は学校帰りにチーズ工房を訪れていた。

「いや、モテないかもしれないけど、いいんだ、そんなことは」

今の自分で充分だ。だから結までそんなことを言うのはやめてくれ。

竹原直樹が北海道に戻ってきたのは、その翌日のことだった。

九年振りだった。


あー、やっぱり北海道いい。いいですね。あんた、引っ越せば。こっちで住めばいいじゃん。漣さんもいるんだから。こっちで牧場やろうよ。……おかしい。あんたが牧場だって。あんたが牧場。竹原利子はけらけらと笑い続けた。

そして機関銃のように言葉を発射し続けた。「山田利子です」と自己紹介したきりなにも話さなかった最初に会った時が嘘のようだった。北海道について延々とまくしたてている。竹原を見た。竹原も歳を取った。若干、前髪が後退しているようにも見える。白髪さえ交じっていた。疲れ切っているようにも見えた。

利子がワインを零した。あの時と同じ、ビリヤードもある唄も歌えるバーだった。

「ちょっとトイレ」利子はすっと立ち上がった。

「拭いて行けよ」

声が聞こえなかったのか、利子は虚ろな目でトイレに向かって行った。

おしぼりで拭こうとした漣の手を竹原が止めた。自分で拭き始めた。

「見ての通りだ」小さな声で竹原がつぶやいた。

「ほっといたらずっと喋り続けてる。止まんねえんだ。でも次の日には黙り込んでいる。なにを尋ねても返事がねえ。あの時、いろんなものを見ちまったらしくてな」

香が亡くなった時、漣は竹原に電話した。ごめん。行けねえかもしれない。悲痛な声だった。こんな時、本当に悪いけど、ごめん、たぶん行けねえや。なにがあったのか、今、わかった。あの時、利子が見たものは漣の想像を遥かに超えるものだったに違いない。

動画で津波の映像があるだろう？　竹原は語った。あそこには決定的にないものがある。

それは人だ。流されている人だ。そんな動画、誰もＵＰしねえ。あっても削除される。本当は人がいるんだよ、あの中に。うようよいるんだ。子供だっている。助けてって叫びながら沈んでいく子供だよ。そういうもんをあの目で見ちまったんだよ、あいつは。

あれでもずいぶん症状が良くなったんだ。だからやっとおまえに会いに来られた。正直、重いよ。あれは心の病だ。心の病ってのは、周りにいる人間が壊れていくんだ。

「八年だぜ。八年も経ってるのに」竹原は酒を呷った。

「でも……」自分の言葉が尖っているのがわかった。

「生きてるじゃねえか」

竹原のグラスを持つ手が止まっていた。

「ごめん。言いすぎた」すぐに謝った。つい言葉に出てしまったのだ。

「すまん。漣。おまえも闘ってるのにな」竹原は顔面をかきむしった。そして香の葬式に顔を出さなかったことを詫びた。うるさいくらいに何度も詫びた。

「利子とは一生一緒にいる。俺はあいつがいなければ駄目なんだ。そうここで、おまえに誓ったからな」

後藤弓の時もそう誓っていただろうとは言えなかった。竹原も闘っていたのだ。

「懐かしいよな。美瑛の花火大会を目指しておまえと自転車で走ってた頃がよ。なんも悩みがなかった」

漣は静かに微笑んだ。やがて竹原は叫んだ。

「あー、ちくしょう！　もういいじゃねえか、神様よ。もう勘弁してくれよ！　そんなに大きなもん望んでねえよ！　ただ普通に生きたいだけなんだよ！」

立ち上がった。カラオケに向かった。

昔、ミュージシャン目指してたからよ。

俺のステージを見てくれとばかりに竹原は歌いだした。

絶叫するように歌っていた。心の底から熱唱していた。音程が外れていた。ミュージシャンにはなれなかっただろうなおまえは。だけど想いは漣にも届いていた。

「ごめんなさい」利子が戻っていた。「喋りすぎたみたい。ごめんなさい」

利子は表情を喪失していた。先程まで喋り続けていた人間とは明らかに別人だった。

勝つか負けるかそれはわからない。それでもとにかく闘いの、出場通知を抱きしめて、あいつは海になりました。

竹原は不格好に叫んでいた。あの時、香がこの三人の前で歌った唄だった。

見ると、利子が泣いていた。だらだらと涙が流れていた。

おしぼりで顔を覆った。それ、テーブル拭いた奴だよ。

利子の嗚咽がもれた。
竹原は歌い続けた。
闘う君の唄を闘わない奴等が笑うだろう。

富田幸太郎　平成三十一年　美瑛

あと三カ月もすると平成が終わるらしい。

チーズ工房のオーナー、富田幸太郎は、カレンダーを見つめた。

この店を始めたのは、平成元年だった。

最初は東京に店を構えようと準備していたが、家賃が高すぎた。二年間、フランスで修業していたので、チーズ作りには自信があったが、経営に関する知識は皆無と言ってよかった。

昔、ホテルで働いていた時の先輩に相談しに行った。同じ厨房で働いていた厳しい先輩だった。それが、妻になった奈津美だ。

フランスから帰国して、二年ぶりに東京で再会し、自分の店を持ちたい、と話した。

「無理、無理！」

奈津美は富田の想いを一蹴した。

だって富田くん、チーズのことしか知らないでしょ。店を経営するっていうのはたいへんなことなんだよ。だいいちお客さんに笑顔で接することもできないんじゃないの？　わかっている。だから相談に来てるんじゃないか。なんだこの先輩は。富田はため息をついた。

他に相談する友達や先輩もいなかった。元来寡黙な富田は、昔の職場で孤立していた。

「美瑛はどうかな」

翌日、電話がかかってきた。一瞬、なんの話だかわからなかった。チーズ工房だよ。北海道なら家賃も安いし、観光客も来るし、新鮮な牛乳も手に入る。聞けば、美瑛は奈津美の故郷らしい。なんだかわからないうちに一緒に北海道に行き、物件を決めていた。

「忙しくなるね」

その奈津美の言葉で、自分と一緒に働いてくれるのだと気づいた。いいんですか？　自分の声が高くなった。奈津美には長年付き合っている男がいるという話を聞いていたのだ。それはもう過去の話。なんとも思ってない後輩のために、ここまで付き合ってくれる女性がいるはずがないでしょう。いまさらなにを言ってるのと奈津美は笑った。結婚したのは、しばらく経ってからだった。

チーズ工房の開業日は、平成元年一月八日だった。

平成最初の日だったのだ。

だから同じ誕生日の高橋漣が面接にやってきた時、親近感が湧いた。

「へえ、平成元年生まれなのか。もう出て来たか。平成生まれが」

漣を即採用した。開業から二十年が経っていた。

平成が始まった頃、冷戦が終結し、ベルリンの壁が崩壊した。結党以来政権与党であり続けた自民党が野党に転落し、いわゆる五五年体制も終わった。スポーツも、Jリーグが開幕し、新しい時代になったのだという実感をひしひしと感じていた。阪神大震災のあとの、地下鉄サリン事件は、昭和生まれの富田にとっては意味不明の出来事だった。なぜ教祖のくだらない物語を信じて、高学歴の男たちが無差別テロを犯すのか。まるでわからなかった。あの頃から、時代は確実に変わっていったのではないだろうか。昭和の残滓が完全に消失したのだ。手塚治虫も美空ひばりも松田優作も平成元年に亡くなっていた。アメリカの同時多発テロが起こった頃には、すっかり日本も閉塞の時代を迎えていた。

そんな時代を奈津美と生きて来た。

牛乳調達の牧場との契約、接客、対外的なことは余すところなく店長の奈津美が行った。だから富田はチーズ作りに没頭できた。チーズもそこそこ売れた。生きていくには充分だった。大学生だった桐野香が客として店に訪れるようになったのはその頃だ。

夏の甲子園大会三連覇をかけた駒大苫小牧が、早稲田実業に負けた年だった。

奈津美が病気になった。悪性リンパ腫だった。当時のことはあまり思い出したくない。

奈津美の闘病の時も、亡くなってからも、自分がなにをしていたのかよく覚えていない。奈津美がツアー会社に頼み、観光客が寄ってくれるようになったのに、富田は客を全然さばききれていなかった。客だけじゃない。人生そのものをさばききれていなかった。これからなにをしていいのかわからなかった。悲しみさえ感じず、ただ生きているだけだった。バイト募集の貼り紙を見た桐野香に、「今日からでもいいので、やってほしい。お願いします」と懇願した。チーズを作っている間だけは、すべてを忘れられた。長い期間を熟成させるチーズのにおいが、心を落ち着かせた。チーズ工房のあらゆる場所に、奈津美が生きてきた時の想いが、そこはかとなく漂っていた。

この店だけはやり続けなければならない。潰すわけにはいかない。その想いだけだった。

桐野香と高橋漣が付き合いだしたのはすぐにわかった。

チーズ工房の車で、夜、出かけていた。富田は、二人を遅番にシフトし、二人だけになれるようにして、たまにはガソリンもひそかに入れてやった。結婚すると報告された時も、驚かなかった。だろうな。最初からなんとなくわかっていたよ。なにがあったのか知らないが、内にこもる癖があった十九歳の漣は、香と付き合いだすと、内なる世界からようやく飛び出してきたように見えたからだ。

漣から香の病気を知らされた時は世界を呪った。いい人から消し去っていく、悪意のある何者かが、この非情な世界を支配してるのではないかと憤った。あいつ産むつもりなんですよ。産んでから治すって言うんですよ。オーナーしか相談する人がいないんです。漣は両家の両親にも相談していたようだが、あまりに動揺しているのを見ていられず、香と二人だけで話すことにした。まずこのチーズ工房を立て直してくれた礼を言った。香がいなければ、あの時の自分だけでは、この店を維持していくのは不可能だっただろう。

とにかく生きること。生き続けること。大切なのはそれだけだよ。

「なんでオーナーが泣いてるんですか」香が富田の顔を覗き込んだ。

奈津美のことを思い出して涙が滲んでいた。

「奥さんのこと、思い出しちゃったんですか」

香に奈津美のことを話した記憶はなかった。香も最初は知らなかったらしい。香は美瑛出身で、実家は牧場だった。その繋がりから、奈津美が牛乳を調達していた牧場の主人に、香の父親が聞き、香に教えたのだ。

「私は死にませんよ。死んでなんかいられませんから」

それ以上、なにも言えなかった。俺を相談者にした漣の選択ミスだ。富田は嘆息した。

数年後、漣が牧場に牛乳を取りに行っている時間に、毛糸の帽子を被った香が、結と一緒にひょっこり現れた。手術も成功し、順調だと信じ切っていた。

「再発しちゃったんですよね」

新しい車、買っちゃったんですよね。漣が富田に言った時と同じような口調で香は告げた。漣は乗っていた八年ローンの車を、ミニバンに買い替えたばかりだったのだ。

結は、外で一人、なにかを拾っていた。窓の外に見えた。

「まだ思い出します？」香は尋ねた。奈津美のことだった。

「思い出すよ。何十年経っても。まだそこにいるような気もする」正直に富田は答えた。

「そうか」香はチーズ工房を見回した。「それじゃ困りますよね」と聞いた。

「困らないよ。それでいいんだ」

「でも、だから、オーナー、いつまで経っても一人なんですよ」

「いいんだよ。俺は、それで。俺はあいつと一緒に生きてるつもりだから」

「幸せですね、奥さん」

「どうだかな」

「でも漣はなあ」

香がチーズ工房の電球を見上げていた。時間が止まったように、じっと見つめていた。なにを考えていたのかはわからない。この人は連れて行かないでください。この人だけは。神様など信じていないが、なにかにそう祈った。

結が戻って来た。どんぐりを両手に持っていた。結が拾っていたのはどんぐりだった。そんなものどうするんだ。富田は聞いた。秘密です。香は、悪戯を思いついた少女のように微笑んだ。それが、香がチーズ工房に来た最後だった。思えば、香はあの時から、もう死の準備を始めていたのかもしれない。

「ありがとう、オーナー。ここで働けて本当によかった」

最後に言い残して去って行ったのだから。香は、丁寧にお辞儀をすると、結の手を掴み、二度と振り返ることはなかった。その後ろ姿が今も心に染みついている。

香を亡くした漣は、あの頃の富田と一緒だった。大丈夫です。俺には結がいますから。笑顔さえ見せるのだが、時折、時間が止まったかのように、電球を見つめていた。漣の中でも香は生き続けているのだろう。

それが、開業以来、この店の三十一年の出来事だ。

テロや震災があった。去年、北海道でも大きな地震があった。混乱の時代、閉塞の時代だと言う人もいる。でもいい時代だったんじゃないか。富田はカレンダーを見つめた。それでもいい時代だった。東京のホテルの厨房で働いていた時のような、職場の地位や優位性を元に嫌がらせをする人間も、パワハラという言葉と共に断罪されるようになった。長時間働き続けて大切な時間を失うことも昔よりはなくなったと思う。バブル時代のように、高校時代のクラスの軽いノリで社会を渡っていこうとして、ノリきれない富田のような人間が嘲笑されることも少なくなった。なにより若い連中が、他人を傷つけないような言葉を選んで人間関係を懸命に紡ごうとしている。昔が良かったなんて思わない。いい時代だよ。

俺はここでずっと生きていく。

富田は心の中でつぶやいた。もうどこにも行くつもりはない。奈津美と生きたここが俺の死に場所だ。新しい今度の時代がどこに向かっているのかはわからない。いったいどこに行こうとしているんだろう。誰か、優秀な人間が、進むべき未来の道を知っていて導いているのだろうか。いや、誰もわからない。きっとわからないはずだ。未来になにがあるのかは世界中の誰にも予期できないのだ。それでも人はどこかに向かっている。その未来もいい時代であってほしい。富田は願う。

時代とは関係なく、人間は死ぬ。いつかは必ず死ぬ。厳然たる事実だ。

人生は思ったより短く、はかない。大切な人間もやがて失ってしまう。生きている限り、誰もがいつかは誰かを失うのだ。誰もそこからは逃れられない。それならなぜだろう。なぜ失われるとわかっていて、人はめぐり逢うのだろう。

富田は、残り少ない平成時代のカレンダーを見つめ続けた。

電話がかかってきたのはその時だった。

漣にすぐに伝えなければ。こつこつやっている人間が報われる世の中であってほしい。せめて漣だけは。願っていた。その日が来たのだ。礼を言って電話を切ると、工房に駆け込んだ。漣は黙々とチーズを作っていた。なぜだかわからないが、妻が死んだ時もここまで出なかった涙が、ぼろぼろと流れていた。

漣、ビッグニュースだ！　久しぶりに大声をあげた。

平成最後のビッグニュースだよ。

高橋漣　平成三十一年　東京

「失敗作だったんですよ」

漣は日本語で述べた。ホテルの支配人がフランス語に通訳する。

フロマージュ・フレの特徴は、味の軽さだ。メイン料理に肉を使用する場合、前菜は軽さを出して、コース全体のバランスを取る場合が多い。フロマージュ・フレは用途に便利なチーズだった。フランス人シェフ、スーシェフ、ソムリエ、支配人が、サロンで、フロマージュ・フレを使用した前菜の試食をしていた。

「納得のいくチーズが作れなくて……。自棄になってフードプロセッサーにかけたら、娘がおいしいって言ったんです。で、それを改良して出したら、そこそこ人気が出て」

どこで彼らが漣のチーズを手に入れたのかはわからない。こういう味を探していたんだ。フランス人シェフは感嘆したらしい。漣のチーズを採用したいという電話をオーナーが受け取ったのは、数カ月前だった。東京のミシュラン三ツ星のレストランだぞ。そこの世界的なシェフに認められたんだ。おまえのチーズが世界と繋がったんだよ。喜ばなくてどうする。オーナーのほうが興奮していた。漣は喜んでいないわけではなかった。八年間も挑戦し続けた『チーズ国際コンクール』ではなく、まったく予期していなかった形で、世界に認められたことがおかしかったのだ。自分の人生はいつもこうなのだ。

漣は、東京のホテルのサロンで、フロマージュ・フレを試食する人々を眺めた。自分のチーズを北海道の田舎町でこつこつ作り続けて八年。辿り着いた場所はここだった。微塵も予想していなかったこの場所だったのだ。しかも最初は失敗作だった。

「失敗作が世界に認められるなんて、自分らしいです」

試食会が終わったあと、オーナーに電話をかけた。

ホテルの窓から新国立競技場が見えた。オリンピックのために建設中だが、もうほとんどできあがっているように見えた。あそこで試合をすることはなかった。これからも当然ないだろう。俺は国立競技場とは、はなはだ無関係のこの場所に辿り着いたんだ。漣は笑みを浮かべた。シェフと支配人に挨拶をすませ、新宿のホテルの外へ出た。まだ午前中だった。今日は、これから竹原と会う予定だ。東京で遊び、夜は飲み明かす。

自分の作ったチーズが世界に認められた。漣は新宿の街を歩いた。北海道にいながら世界に繋がったのだ。自分の力でここまで辿り着いたのだ。漣は空を見上げた。

飛行機雲がぐんぐんと空に伸びていた。

園田葵　平成三十一年　東京

飛行機雲がぐんぐんと空に伸びていた。

葵は新宿の空を見上げた。

「人は、出会うべき時に、出会うべき人に出会うんだと思います」

一年振りに再会した冴島亮太の言葉を思い出した。

シンガポールで会社を清算したあと、葵が戻って来た場所は東京だった。

他に行くべき場所を思いつかなかったのだ。土地勘のある下北沢周辺の物件を探したら、梅ケ丘に家賃七万円の手頃なワンルームを見つけた。連帯保証人が誰もいなかったので、家賃保証会社を頼った。審査があるので、すぐに仕事を探さなければならなかった。三十歳の無職独身女性が一人で生きていくのはすこぶる大変だ。中目黒のネイルショップはすでになくなっていた。自分のために残しておいた預金も底をつきかけている。とりあえず、ネットの求人情報で新宿のネイルサロンを見つけ、面接に行ったら、即採用された。店長の佐伯(さえき)は、葵より年下の二十九歳だった。路地にあるこぢんまりとしたアジア風のネイルサロンだった。ネイリストは十人前後で、経験者がすぐにでもほしかったようだ。シンガポールでネイルショップを経営していたことで、最初は佐伯に警戒されていたようだが、葵が契約社員に徹し、経営に対してなにも口を出さないことを知ると、笑顔で社員たちの弁当の買い出しを頼んできた。施術料金はシンガポールの四分の一程度で、葵の給料は二十万円だった。経営に口を出そうとはいささかも思わなかった。今は充電期間なのだと自分に言い聞かせた。シンガポールで使用していた携帯電話には、おそらくまだ事情を知らない客だろう、着信が何度もあったので、解約し、新しい機種を購入した。

仕事が終わると、東京の街を歩いた。目的もなくただひたすら歩き続けた。

渋谷のキャバクラは移転したらしく、ガールズバーになっていた。移転先には興味がなかった。後藤弓と再会した東横線の改札口は跡形もなくなっていた。東横線が地下に乗り入れるようになったためだった。下北沢も小田急線が地下のホームになり、開かずの踏切も、駅前の闇市のような食品市場も、レンタルビデオショップも姿を消していた。世田谷代田駅に近い、玲子と一緒に住んでいたマンションは残っていたが、老朽化が著しく、空き室ありの看板でさえも薄汚れていた。代官山のタワーマンションは遠くからでも見えたが、今の自分には限りなく遠い場所だった。

とにかく自分に起こった出来事を理解したかった。

誰かから守られる存在であることから脱皮したい人間もいれば、誰かを守りたいという人間に嫉妬する人間もいる。それだけのことだったのかもしれない。

では、どうすればいいのか。結局は、自分を最優先事項に考えるという、あたりまえの結論に達する。他人に依存しなければいいのだ。自分の力で生きていくというのは、おそらくそういうことなのだろう。では、自分のことを最優先に考えて、これからどこへ行こう。なにをしよう。まだ三十歳。これからどこにでも行けるはずだ。今は人生の休憩中なのだ。だから、少しずつ、自分のペースで、起こった出来事を受け入れながら、自分の歩んだ痕跡を辿るように、街を歩き続けているのだろう。

でもここにはなにもない。街が様変わりしていてもなんの郷愁もない。東京は、十代後半から二十代前半のステップを踏んだ街であり、帰るべき場所ではないのだ。歩き続けて得た結論だった。では、これからどこへ行こう。

「捜しましたよ」

冴島亮太が現れたのは、数週間前だった。葵は、ネイルサロンの社員たちの弁当を買いに出かけるところだった。店の前にスーツを着た冴島が立っていたのだ。

冴島はＳＮＳの世界で葵を発見したらしい。いろんな人に尋ねてみたんですよ。冴島は語った。もう何年も会っていなかった元クラスメイトに友達申請やフォローをしてみたりしてね。「おー、冴島、久しぶり」なんて書き込みがあって。なにが久しぶりだよって感じだったんですけど。それがどんどん繫がって、新宿のネイルサロンのホームページのスタッフ紹介に載っている人が、あなたの探している人ではないですか、シンガポールで仕事をしていたと書いてありましたよ、と全然知らない人から教えてもらったんです。

冴島は微笑んだ。佐伯が勝手に葵のプロフィールを書いていたらしい。

「世界中どこにいたって見つけ出しますよ、僕は。葵さんのことを」

冴島のスーツはシンガポールにいる時とは違った。ブランド物だろう。いつもスマホで時間を見ていたのに、腕時計をしていた。キャバクラで働いている時に、羽振りのいい客がよくしていたような高級時計だった。バブル時代の人間はおそらくこういう感じだろう。

「葵さんを迎えに来ました」冴島は表明した。

「お弁当買いに行かなくちゃ」葵は歩き出した。胸の鼓動が速くなっていた。

「エステの会社を起ち上げたんです。シンガポールで」

冴島は小走りに葵のあとを追いながら、現在の境遇を述べた。葵が会社を清算したあとも、冴島はシンガポールに残り、くじけずに会社を起ち上げ、成功させたようだ。

その日、冴島亮太は雄弁だった。

昔のクラスメイトとネットでやり取りしているうちに気づいたんです。他人の人生をわかった気になって、否定しているうちは、いいことはなにも起こらない。それって、僕が葵さんから学んだことでもあったんです。葵さんはあの玲子さんだって否定しなかった。絶対に悪口を言わなかったですから。

「それに、一度ね、時代の最先端の風景をこの目で見てみたかったんです」

冴島と父親の間になにがあったのかは知らない。僕は父親を許したんです。冴島は遠くを見てつぶやいていた。そこに辿り着くために、冴島はどれだけの苦労と屈辱を経験しただろう。本当は心の奥にどす黒いものを抱えていた冴島が、たった一人異国に残され、歩んできた道を葵は想像した。葵がただひたすら東京の街を歩いていた間に、冴島はその先に行こうとしていたのだ。誰にでもできることではなかった。

「でも、なにより、葵さんと仕事をするためだけに、この一年、頑張ってきたんです」

「からあげ弁当、五つください」

「シンガポールで待ってます」

冴島は封筒を渡した。オープンチケットが入っているらしい。

「ごめんなさい。もう時間がないんです」

冴島は高級時計を見た。経営者として、すぐにシンガポールに戻らなければいけないらしい。弁当を待っている時間はないようだ。そして、冴島は言ったのだ。

「人は、出会うべき時に、出会うべき人に出会うんだと思います。僕にとってそれは葵さんだったんです」

ありがとう、冴島くん。ちゃんと考えるね。

タクシーで慌ただしく去って行く冴島に、葵は伝えた。

あれから数週間が経った。

葵は、飛行機雲を見つめた。傍らにはスーツケースがあった。

もしかしたらそうなのかもしれない。今までは男性として、正直意識したことは一度もなかった。良き部下だった。冴島と最初に会ったのは、シンガポールのチャンギ空港だ。スーツケースを取られるのではないかと焦り、咄嗟に冴島の手から引き離した。冴島は、満面の笑みを浮かべていた。今までの生活を捨て、海外へ踏み出した瞬間だった。劇的な出会いではなかった。冴島も運転手として迎えに来ただけだった。でも、人間、そうそう劇的な出会いがあるわけではない。自転車が空を飛んでくることはないのだ。いつのまにか近くにいた、考えてみれば大切な存在に気づくことは、往々にしてある。

出会うべき時に、出会うべき人に出会ったのかもしれない。

それが冴島亮太だったのだ。

そのあと、七年も仕事を共にした。成功した時も、失敗した時も、いつも冴島が隣にいた。自らの力で会社を起ち上げ、葵を迎えに来た。

これ以上、冴島を待たせたくない。四月も終わりだというのに、新宿の街は冬のような寒さで、コートを着た人たちもいたが、それでも大勢の人間がひしめいていた。今日は平成最後の日だった。時代の変り目に、特に感慨があるわけではないが、ちょうどいい決断の時だ。だからスーツケースを持って家を出た。とりあえず冴島に会いに行こう。そして伝えよう。決心した。

なのになぜだろう。まだ逡巡してしまう自分がいる。

さっきから立ち止まり、ぼんやりと飛行機雲ばかり見つめている。

他に、どこにも行くところがないくせに。葵は自嘲の笑みを浮かべる。こんなに嬉しい話は他にない。再びシンガポールで挑戦する権利すらある。

自分を最優先に考える。そう決めたではないか。

冴島のいる場所が、私の戻るべき場所だ。葵はスーツケースを摑んだ。

「今日で、三十一年続いた、平成という時代も終わりを迎えます」

レポーターがマイクを持って話している声が聞こえた。

高橋漣　平成三十一年　東京

「えー、それでは聞いてみたいと思います。あなたにとって、平成という時代はどういうものでしたか？」

飛行機雲を見つめていた漣は、その声のほうを見た。

レポーターがインタビューをしていた。回答者は、周囲にいるスタッフが道行く人に事前に声をかけ、用意されているようだった。何人か並んでいる。

「さあ。とりあえず平和で良かったんじゃないですか」最初の男が答えていた。

そうか。今日は平成最後の日だったのか。だから今日はこんなに人が多いのか。漣は三ツ星レストランでのシェフとの試食会のことしか考えていなかった。間に合ったのだ。漣は空を見上げた。時代の変り目に、たいした想いがあるわけではない。時代の渦の中心にいたことは一度もなかった。時代の片隅に存在していた、平成の流行とは無縁の人間だ。でも平成の最後に間に合った。自分の作ったチーズが世界と繋がったのだ。以前、上京した時、東京にいる人たちは、別の世界の住人に見えた。彼らと自分はいつまで経っても交わらない別の人種。今、見ている風景は違った。誰もが時代の終わりという共通の世界にいるからなのか、疎外感はまるでなかった。あるいは、自分の力でここまで辿り着いたからかもしれない。

漣は歩き出した。

「苦難の時代ですよ。テロ、災害、格差、貧困」

インタビューに、人々が次々に答えていた。

今日は人通りが多い。スーツケースを転がしているだけで迷惑になりそうだ。葵は歩道を出て道路を見た。タクシーを探した。

「だいたい元号で時代をわけるって考えがね」

インタビューを受ける人の声を聞きながら、漣は人込みの中を歩いた。竹原との待ち合わせ場所はすぐそこだった。あまりに人が多いので、道路に出ようとした瞬間、携帯電話が鳴った。珍しい人からだった。出ないわけにはいかなかった。

「香が作ったチーズだろ」

桐野昭三はだしぬけに言った。

「いや、僕が作ったチーズですけど」

「香が最初に作ったんだろ」

「いや、僕が作りました」

「じゃあ、いいや」昭三は舌打ちをして電話を切った。

どこかで漣のチーズが世界と繫がったことを知ったのだろう。昭三は、香の功績を信じて、電話してきたのだ。さっさと電話を切ってしまう昭三に、漣は苦笑した。そして、香のことをいつまでも思い続ける昭三に想いを馳せた。どこかでスーツケースを転がす音が聞こえた。

その瞬間、大声がすべてを打ち消した。

「俺、平成元年生まれなんですよ！」

竹原直樹がインタビューに答えていた。


タクシーを止めた時、どこかで携帯電話が鳴り響く音が聞こえた。

もう振り返るのはやめよう。この平成最後という時代の変り目に、私は決断したのだ。出会うべき時に、出会った人に、会いに行くのだ。葵は、トランクにスーツケースを詰めて、タクシーに乗り込んだ。羽田空港と、行き先を告げて、スマホを取り出した。飛行機の時刻表を検索しようとして、ポータルサイトを見た瞬間、懐かしい顔に、手を止めた。

何年振りだろう。十何年振りか。

『子どもたちに温かい食事を。無償で提供し続ける北海道の子ども食堂さきがけ』

写真入り記事が掲載されていた。動画サイトにもリンクしていた。

葵が幼い頃、食事を与えてくれた近所のおばあさん、村田節子だった。

タクシーはすでに羽田空港に向かって走りだしていた。

後藤弓　平成三十一年　東京

「平成という時代が、どんな時代だったのか、今ひとつ薄ぼんやりしていて、俺にはよくわかんないけど、俺たちは……私たちは、三十歳になってます」

竹原直樹がインタビューに答えていた。

間違いない。あいつだ。ずいぶん頭髪が後退した。苦労したんだな、あいつも。

後藤弓は、美容室のテレビで竹原を見た。平成最後の日に、元夫を見るとは。しかもインタビューされているのは新宿の路上。弓が勤める美容室のすぐ近くの道だった。こんなに近くにいたのか。弓は苦笑した。会いに行くつもりはなかった。会いに行く権利もない。あれだけ竹原を傷つけたのだから。

あの時、美瑛の花火大会で竹原に出会わなければ、どんな人生を過ごしていただろう。あの時一緒にいた園田葵や高橋漣は今、どこにいるのだろう。懐かしさがこみあげてきた。もう二度と会えない人たちだった。

私の人生は、望んでいたものとはだいぶ違ったかもしれない。人もいっぱい傷つけた。どうしようもない人間だと自分を責める日もある。でも、これが自分だ。

私も三十歳になっています。

弓は、インタビューに答えるように、心の中でつぶやいた。

なるようにしかならない人生を、なんとか懸命に生きています。

村田節子　平成三十一年　美瑛

他人様のためにやろうと思ったわけじゃない。こんなのただの偽善だよ。

いつのまにかこうなってたんだよ。

村田節子は答えた。

インタビューをしたのは、東京の映像制作会社に勤めている男だった。

以前、節子が食事を与えた、やたら背の高い男の子だった。

中学生の時、「おばさん、知り合いに聞いたんだけど、ここで飯を食わせてもらえるんだって？」と突然訪ねて来たことを覚えている。生意気な子だった。知り合いって誰だい？と尋ねると、彼女だよと答えた。それまで節子が食事を提供したのは、近所に住む女の子、一人だけだった。とりあえず食べていきな。節子が食事を与えると、彼が言いふらしたらしく、どこから湧き出るのか、小さな子供たちから中学生まで、節子の家に訪れるようになった。彼はさほど貧困というわけではなかったはずだ。両親と折り合いが悪かったのだろう。

ただで飯を食わせてもらっているのに、たまには違うものも食いてぇ、などと言葉に出してしまう、割合調子のいい男だった。高校に入る頃には、礼も言わず来なくなった。十数年経って、突然、「おばさん、俺、今、東京の映像制作会社で働いてるんだ」と電話が来た。インターネット向けの動画を制作しているらしい。

平成を振り返るという特集なんだ。今、日本は、子供の七人に一人が貧困状態にあるんだ。子供の貧困は平成が残した宿題なんだよ。そこで、おばさんを思い出してさ。調べてみたら、おばさんは、北海道でも、『子ども食堂』のさきがけとも言える存在なんだよ。取材させてほしいんだ。数週間後、一人で機材を持ってやって来た。

名刺を見ると『小柳翔』と書いてあった。

節子は、自分のしていることが、『子ども食堂』という名称であることさえ知らなかった。そんなつもりはなかったのだ。小柳が訪れなくなってからも、どこで聞きつけたのか、入れ替わり立ち替わりやってくる子供たちに食事を与えていただけだった。しかも自分の年金を食い潰してだ。一度、NPO法人の代表が、支援しますとやって来たことがあった。今は貧困だけではなく、孤食の子供が増えているそうだ。だが、節子は拒否した。こっちはただの気まぐれでやってるだけだよ。そんなことされたらやめられなくなるじゃないか。本当はうんざりなんだよ、こういうのは。静かに余生を送りたいんだ。私はもう八十歳なんだよ。子供の前でも煙草をくゆらせる節子を見て、彼らはあきらめたようだ。

「でもね」節子は小柳に言った。「やめようにもやめられないんだよ」

「どうしちゃったんだろうねえ、この国は。いったいどうしちゃったんだろう。あんたが来た頃は、まだ理解できたんだよ。子供の面倒を見られない親というのは昔からいたからね。近所の人間が食事を与えるなんてあたりまえのことだったんだよ。親がいなくても、共同体が子供を育てることができたんだ。でも、十年ぐらい前からかね。……いや、震災のもっと前からだね。目に見える形で子供が変わったんだよ。あんたは飯を食ったら、とりあえずは笑顔になっただろ。でも違うんだ。表情がないんだよ、今の子供は。飯を食っても、食う前となんも変わらないのさ。なんていうのかね、まだ子供なのに、人生はこんなものだと達観したような感じなんだよ。親も変わったよ。こっちは食事を提供してるんだから、昔の親は、嘘でも、いつもありがとうございます、すみませんて言ったものさ。今は違うんだ。もっと栄養のあるものはないんですかなんて、文句を言うんだよ。……あ、この煙草かい？　言いたいことはわかるよ。言いたいことはわかる。言いたいことはわかるって言ってんだろ！　……今は子供の前じゃ吸わないようにしてるよ。そういう時代なんだろ？　でもこっちは無償でやってるんだよ。あたりまえに権利だけを主張してさ。感謝の言葉をかけてもらいたいわけじゃないんだよ。でも文句を言われる筋合いもない。そうだろ？　それが、昔のように、あきらかに暴力をふるうような人間とか、社会から逸脱した人間とかじゃないんだよ。ちゃんと会社勤めしている普通の人間なんだ。毎月、給料をもらって、平凡な暮らしをしている連中なんだよ。金がないわけじゃない。それなのに子供を放置するんだ。なのに文句だけは一人前だ。社会と繋がってるはずなのに、どこにも繋がってないように私には見えるけどね。いったいなんなのかね、そういうのって。いったいどうしちゃったのかね。最近はよくそういうことを考えるよ。あんたのように夢を持って東京に行く若者は昔からいっぱいいたよ。それはいいんだ。でもこの地に残って、仕事を見つけて、ヤクザになるわけでもなく、ただささやかに普通の暮らしをする人間が、いらいらしてるんじゃないかって思うようになってね。彼らが疲弊して、存在意義を見失ってるんじゃないかって、そう思うようになったんだよ。たとえば、道が壊れるだろ。誰かが修理する。水道管が壊れるだろ。誰かが直す。勝手に直ってるわけじゃないんだよ。誰かが直したんだ。じゃがいもがあるだろ。誰かが作ってるんだよ。勝手にできあがるわけじゃないんだ。誰かがそれを作ってるんだよ。そういう人間たちが疲れ切ってるんじゃないかね。東京のお金持ちと、地方の貧困ばかり目を向けるけど、そういう普通の人々がさ、報われる世の中じゃないんじゃないのかい。人には物語が必要なんだよ。自分の人生は成功した人々に比べれば、小さなものかもしれない。でも自分の仕事をまっとうし、懸命に生きて来た。それなりによくやったじゃないか。そんな物語がね。

それが報われないとわかったら、見てごらん、今に、道路は壊れ、水は出ない、じゃがいももなくなっちまうよ。そんな時代が来るよ。今より酷い時代になるよ。どこに行こうとしてるのかわかってるのかね、偉い人たちは。少しは昔に戻ったらどうだい。近所の人間が、困ってる子を普通に助ける世の中にね。昔を否定して、どこに行こうとしてるんだよ、この国は」

その部分は全部カットされていた。

それなりに一生懸命に喋ったのに。節子は煙草に手を伸ばした。まあいいよ。年寄りの言うことなんか。どうせ時代遅れの考え方なんだろ。大切な部分だけは残っていたからね。

「きっかけは近所の女の子だよ」動画の中で喋っている自分を節子は見つめた。

「親が食事を与えなくてね、温かいご飯をあげたら、なんていうか、いつも自分の存在を消すように俯いて暗い顔をしていた女の子が、微笑んだんだよ。その笑顔が忘れられなくてね。それが今に続いてるってわけさ」

その時、小柳翔が涙を滲ませているのを見て、驚いたのを覚えている。

「その女の子のおかげなんですね」小柳はしみじみと言った。「俺、ここで飯を食わせてもらったこと、本当に感謝していて、あの時おばさんがいなかったら、どうなっていたか。ぼろぼろだったんですよ。表面上は笑顔でいたけど、本当はぼろぼろだったんだ。でも壊れなかったよ、俺。なんとか生きて来た。おばさんのご飯のおかげだよ。だからこの歳になって、やっと自分の仕事ができるようになって、真っ先にこの企画を通したんです。こういうのでもなければ、おばさんに会いに来られなかっただろうし……。おばさん、本当にありがとう。本当に感謝してます」

小柳翔は、ただの調子のいい人間だけではなかった。苦労をしてきたのだろう。あんたにこの家を教えた知り合いに感謝するよ。

「この家を紹介してくれた知り合いは、ぼろぼろだった俺を助けようとしてくれたんです。その彼女と、東京で再会して……。あ、関係ないすね、俺の話なんか」

小柳は笑顔を作った。表面上の笑顔だ。

「続けな」節子は言った。

しばらく小柳は考えていた。大切なことを伝えようとしているのがわかった。節子にではない。自分自身にだ。他人に話すことで、自分に強力なメッセージを送るのは、よくあることだ。続けな。小柳翔。

「その彼女は、自分の人生を投げ出してまで、東京で、独りぼっちの壊れそうな俺を救おうとしてくれたんだ。なのに、別れたり、傷つけたり……、でも、いつも側にいてくれた。俺はここに帰って来られた。帰って来られたんだから、東京に戻ったら、真っ先に会いに行きます。彼女に。これからもずっと側にいてほしい。ありがとうって伝えます」

その部分も当然カットされていた。

でも小柳くん、あんたのおかげだよ。あんたの唐突な告白のおかげで、自分も素直になり、最後にその言葉を言えたのだから。

「あの時の女の子、今、なにしてるんだろうねえ。もう一度会ってみたいよ」

その言葉を聞いて、園田葵は、ここに戻ってきたのだから。

園田葵　平成三十一年　美瑛

「いろんなことがあって、今もたいしたことはしてないけど、元気です」

葵は、スマホで節子に動画を見せたあと、心中を吐露した。

「失敗もしたけど、失敗したということを学びました。今は栄養補給中。まだまだ行きます。まだ三十歳だから」

私はなんとか生きてきました。笑顔はうまく作れていたかどうかわからなった。

節子は、なにも言わずに立ち上がると、味噌汁を温め始めた。

あたりまえのように葵の食事の用意に取り掛かったのだ。

葵の傍らにはスーツケースがあった。もう二度と北海道に戻るつもりはなかった。シンガポールに行くつもりだった。タクシーの車内で、節子の動画を見た瞬間、行き先が変わった。

『子どもたちに温かい食事を。無償で提供し続ける北海道の子ども食堂さきがけ』。写真入り記事が掲載されていた。動画サイトにもリンクしていた。

タクシーはすでに羽田空港に向かって走りだしていた。

自分に会いたいと言ってくれる人がいる。

それだけで葵は、北海道行きのチケットを買っていた。

平成最後の日、葵が向かったのは、村田節子の家だった。

十人ほどの子供たちがいた。あの頃の葵と同じくらいの年齢の子や、もっと小さな子もいた。スーツケースを持って突然現れた葵を見てもなにも尋ねなかった。黙々とご飯を食べていた。葵に興味を示そうともしない。静かな食卓だった。

ご飯と卵焼きとウインナーと味噌汁が食卓に並べられた。昔と変わらないメニューだ。

節子は腰を下ろすと、煙草に火を付けた。子供たちの視線を感じて、すぐに消した。

「いただきます」

味噌汁を一口飲んだ瞬間、懐かしさがこみあげた。ウインナー、卵焼き。ご飯を頬張った。止まらなかった。あの時と同じ味だった。変わらない同じ味。

「なんでこんなにおいしいんだろう」

口に出ていた。子供たちが葵に注目するのがわかった。興味を示していないわけではなかった。突然やってきた大人を警戒していただけだった。子供たちがみんな葵を見ていた。

「いろんなところで働いて、おいしいものだっていっぱい食べたはずなのに。なんでだろう、このご飯がいちばんおいしい。帰って来たって思う。帰って来る場所なんてなかったはずなのに」

東京の街を歩きながら、これから行くべき場所を探していた。本当は、帰るべき場所を探していたのではないだろうか。たったひとつだけ帰る場所が、自分にはあったのだ。

節子が、聞いたことのないような優しい口調で言った。

「お帰り」

子供たちの箸が止まっていた。表情も変わっている。そのはずだ。葵は節子の言葉を聞いた瞬間、涙が噴き上げていたのだから。止まらなかった。止めようとも思わなかった。節子と子供たちの前であふれる涙をぬぐおうともしなかった。泣ける場所だった。ここは自分が他人の前で唯一泣ける場所だ。ふがいない自分を見せてもいい場所だったのだ。帰って来たのだ。遠い場所を旅して、帰って来た。背中が震えているのがわかった。

その背中がそっと抱きしめられた。

やわらかかった。昔、待望していた、母親に抱きしめられるというのは、こういうことなのではないかと夢想した。節子ではなかった。大人ではないということはすぐにわかった。

女の子だった。

この家に来ていた女の子がそっと葵の背中を抱きしめていたのだ。

「泣いている人がいたら、抱きしめてあげなさい」

女の子が言った。

「お母さんに言われてたから」

「……いいお母さんだね」葵は涙を拭いた。

女の子は満面の笑みを浮かべて「うん！」とうなずいた。

味噌汁からまだ湯気が出ていた。


自分で食べた食器と、子供たちの分も、流しで洗った。

「自分たちでやらせればいいんだよ、そんなの」節子がぞんざいな口調で言う。

「やらせてください」

駄目。一人、一個だからね。女の子の声が聞こえた。抱きしめてくれた女の子だ。女の子は、チーズを配っていた。子供たちが群がっていた。

「あの子は、父親の工房のチーズを届けに来ただけだ」

節子の言葉を聞いた瞬間、葵は女の子の顔を凝視した。

女の子は窓の外を見た。急に顔が輝いた。

「あれ？　お父さん、なんで？」言葉に出した瞬間、駆け出した。

「じゃあ、おばあさん、待たね！」

声はもう外で聞こえた。葵は食器を洗う水を止めた。震えていた。手も拭かずに駆け出した。子供たちにぶつかりそうになった。ようやく外に出ると、女の子が、迎えに来た父親と手を繋いで帰っていくところだった。背中が見えた。

「明日じゃなかったの？　帰って来るの」

女の子は父親の腕にしがみつくようにじゃれていた。

「結の顔が見たくてね」父親の声が聞こえた。「平成最後の日だしな」

父親の横顔が見えた。

間違いなかった。予感はあたっていた。果たして、その父親は、漣だった。

歩み出そうとした瞬間、「亡くなってるんだ」という節子の声が聞こえた。

いつのまにか節子が背後にいた。

「あの子のお母さん。亡くなってるんだ」

漣は一度も振り返らずに、結と呼ばれた女の子と路地の向こうに消えた。

それ以上、追って行くことはできなかった。

葵は目を瞑った。過ぎ去った時を思った。

漣の子供に抱きしめられたぬくもりが、背中にまだ残っていた。

高橋漣　平成三十一年　美瑛

本当は今日、帰って来るつもりはなかった。

東京で、竹原と飲み明かすつもりだった。

「平成という時代が、どんな時代だったのか、今ひとつ薄ぼんやりしていて、俺にはよくわかんないけど、俺たちは……私たちは、三十歳になってます」

路上でインタビューを終えた竹原を見た時、気が変わった。その言葉にではない。幾分離れたところにいた利子が、竹原の手を握り締めているのを見たからだ。この人の手を絶対離さないように、この人がいなければ生きていけないとでもいうかのように。多くの人が行き交う中で、繋ぎ合う手と手は、頼りなくもしっかりと絡み合っていた。

帰ろう。時代の最後の日は、大切な人と過ごすべきだ。

また来るよ。また会おうぜ。おまえと利子さんには何度でも会いたい。でも今日は北海道に帰る。帰らくなちゃいけない。そう思うんだ。竹原に告げて、羽田空港行きのリムジンバスに乗った。チケットは意外と簡単に取れた。昼過ぎには旭川空港についた。今日は泊まる予定だったので、結は、上富良野の両親の家に預けていた。でも、結がどうしてもチーズ工房に行きたいとせがんだので、父親が車で送ったらしい。

なんかおまえ、すごいチーズを作ったんだって？　なんで俺に教えねえんだよ。やると思ってたよ、おまえは、生まれた時から。なんといっても、平成初の赤ちゃんだからな。自動車の修理をしながら父親が恥ずかしげもなく褒めたたえた。平成初って、この町の病院ではだろ？　漣が苦笑すると、あたりまえじゃないか。おまえはそんな大層なもんじゃないと、父親は微笑んだ。外した軽自動車のエンジンを落としそうになり、慌てて摑んだ。

チーズ工房に行くと、結はいなかった。

近所のおばあさんの家にチーズを届けに行ったらしい。お父さんのチーズを食べてもらいたいから。だって今日は平成が終わる日なんでしょ。大切な日なんでしょ。結はチーズを持って駆け出したらしい。オーナーは、送って来た漣の父親に、私が結ちゃんを家まで送り届けますからと申し出たようだ。父親は安心して結を任せた。

東京から戻って来た漣の肩をオーナーが叩いた。

矢部くんも駆け寄った。やりましたね。正直、こんな小さな工房のチーズが世界に認めてもらえるなんて思ってませんでした。こんな小さなって言うな。その場にいた全員が声を揃えた。チーズ工房は、笑顔があふれていた。

漣は、近所のおばあさんの家に結を迎えに行った。

自分の力でここまで来たわけではない。漣は思い至った。

結の願いを聞いてチーズ工房まで車を走らせた父親と、母親がいなければ、漣は生まれて来なかった。チーズ工房に就職しなければ、香と出会うこともなかったし、結は存在すらしていなかった。オーナーと出会わなければ、自分のチーズを作ろうと思わなかったかもしれない。昭三や春子がいなければ、そもそも香は存在していなかった。どれかが欠けていたら、自分は今、ここにいただろうか。北海道の小さな田舎町で、それぞれの人生を紡いで来た人たちがいたおかげで、今、こうしてここにいるのだ。決して自分一人の力ではない。感謝の念があふれてきた。きっと大切なことは自分の知らないところですでに起きていて、自分ができるのは摑みとることだけなのだろう。この町が、チーズ工房が、いとおしかった。早く結に会いたかった。

その家を、漣は知っていた。中学生の頃、来たことがある。今では、子ども食堂のように、多くの子供たちが食事をしに来る場所になっていた。村田節子が、年金をやりくりしながら、無償で食事を提供しているのだ。あのおばあさんの名前が、村田節子だと知ったのは、近所の噂を聞きつけたオーナーが、自分のチーズを、子供たちのために提供したことがあったからだった。

じゃあ今度は俺のチーズを届けます。漣が結と一緒にフロマージュ・フレを持って節子の家に訪れたのは、三カ月ほど前だった。

「そこのチーズ工房のものです。このチーズも食べてください」

節子の家に入ると、煙草のにおいがこもっていた。懐かしいにおいだった。

「あんた、昔、ここに来たことがあるかい」

節子は、漣の顔を睨むように覗き込んだ。節子は正確に漣のことは覚えていなかった。あたりまえだ。後藤弓に連れられて、ほんの少し立ち寄っただけなのだから。それに節子の家は、もう十何年も、引きも切らず子供が訪れていたのだから。

「でも、あんたの顔は見たことがあるような気がする。絶対見たことがあるんだよ、その顔は」

歳かねえ。節子は息をついた。六十歳の時ならまだ良かったんだよ。七十過ぎるともう駄目だね。急激に衰えるんだ。七十を超えてみればわかるよ。あんたいくつだい？　そうかい、三十かい。三十超えたらすぐ八十だよ。

節子は時が止まっていたかのようにいささかも変わっていなかった。

漣のチーズは子供たちには好評で、結は殊の外喜んだ。それからも、あのおばあさんの家に行こうよ、チーズを持って、と何度も漣を誘った。そう毎日、チーズをあげられるわけじゃないよ、こっちもこれを売って食べてるんだからね。漣は言ったが、結は、学校帰りに節子の家に寄り、すっかり仲良くなってしまったようだ。「食べたものは洗っていくんだよ。このタダ飯食いが」子供たちに、毒舌を吐いても、受け入れられてしまう昔ながらのおばあさんの存在が、結には新鮮に見えたらしい。

でも食事だけはそこで取らず、漣がどんなに遅くなっても、いつも家で待っていた。節子の家では「チーズの子」と呼ばれているようだ。

節子の家の前まで行くと、結が駆け出してきた。

結の顔が見たくて帰って来た。平成最後の日だしな。漣は言った。

結しか見えなかった。

東京から帰って来た漣のために、チーズ工房のみんなが簡易パーティーをしてくれた。フロマージュ・フレとオーナーの熟成されたチーズがテーブルの上に並んでいた。

こんなに幸せな日はない。

何年も念願していたものが、違う形であれ、達成されたのだ。側には結がいる。オーナーと仲間たちがいる。これ以上、なにを望むというのか。今まで出会ったすべての人々のおかげで、俺は今、ここにいる。漣は感慨にふけった。

では、なぜ、ここで働き始めたのだろう。そんな疑問がよぎった。

遠くに美瑛の丘が見えた。心の奥にしまっていた引き出しが突然ひらいたような気がした。新宿の路上で、寄り添うように手を握る竹原と利子もなぜか脳裏に浮かんだ。これ以上望むものもないのに、今、俺はなにを想っているのだろう。平成最後の日を、大切な人たちと過ごしているのに。欠落しているなにかを漣は感じていた。

「さっきね」

結が、話しかけてきた。

「泣いている女の人がいたから、抱きしめてあげたの」

結は、伝えなければいけなかった大切なことを思い出すように言った。

「そしたらね、いいお母さんね、だって。褒められちゃった」

結はとても嬉しそうだった。

「その人ね、あのおばあさんのところで、初めてご飯を食べた人なんだって」

咄嗟に立ち上がった。結が驚いているのがわかった。

高橋結　平成三十一年　美瑛

それだけは伝えなくてはいけない。

高橋結はなぜかそう思った。あの女の人が泣いているのを見た時、気づいたら抱きしめていた。なぜだろう。なんでかな？　泣いている人や、悲しんでいる人がいたら、抱きしめてあげなさい。お父さんに何度も聞かされた言葉。大切な言葉だ。でもさすがに、初めて会った人を突然抱きしめたりはしない。もう七歳なのだから。恥ずかしい気持ちもある。知っている気がしたからだ。その女の人も、抱きしめることも、そうしなければいけないことも。きっとそうだ。三歳の頃の記憶はない。どんなに頑張っても、思い出せない。でも、記憶ではなく、身体全体で結はそれを知っている。そう。覚えていなくても、知っているのだ。だから寂しくなんかない。

その女の人の話を伝えると、お父さんは急に立ち上がり、駆け出した。一目散だった。もう結のことなど忘れているかのように走っていった。こんなお父さんを見たのは初めてだった。自分の感情のおもむくままに走っている。まるで子供だ。結は嬉しかった。だいたいお父さんは、心配しすぎるのだ。なんでも結を優先する。自分より優先する。時折寂しそうな顔をしているのも知っている。結が来ると、笑顔を作る。おまえ以外に大切なものはないんだよ。笑顔が語っている。気持ちは嬉しいが、たまには自分を優先してほしい。「お父さんて、モテないの？」と聞いてみたこともある。どこか遠くに行ってほしいわけじゃない。側にいてほしい。結にはお父さんしかいないのだから。でも、本当にそれでいいの？　寂しそうな顔してるじゃん。

今は少年のように駆け出している。車のドアをあけた。

やにわに走りだした少年を見たチーズ工房の人たちは唖然としていた。

いつも優しいオーナーが思わず呼び止めた。

「どうした、漣」

「結を頼みます」

「どこ行くんだ！」

大声に、少年は、立ち止まった。

結を見た。

「ですよね。どこ行くつもりだったんだ」自分に話しかけるように言った。

またあの笑顔を作った。少年は、またいつものお父さんに戻ったのだ。

なに止まってんだよ、高橋漣。

結は心の中で、なぜか父親をフルネームで呼んだ。

どんぐりを摑んでいた。気づいたら拾っていた。どんぐりかな？　小石だったかもしれない。でも結はお父さんの背中に向かってそれを投げた。

北海道の大自然と触れ合った時の人知を超えたなにかに包まれたような瞬間に似ていた。

覚えていないけれど、いつまでもずっと見ていてくれると感じる、大切な人の想いに触れたような感覚。自分がそうすることは以前から知っている気がした。

そう。私は、知っているのだ。

覚えていなくても、知っている。

お父さんは、まるでうしろから殴られたような顔で大げさに振り向いた。

そして結は、悪戯っぽい笑みを浮かべて言った。

「命中」

瞬間、弾けるように漣は走った。

身体が勝手に走っていた。車に乗り込んだ。アクセルを踏んだ。まっしぐらに突き進んだ。

少年の頃、どこまでも続く一本道を自転車で疾走した時のように突っ走った。心の奥にしまっていた引き出しが全開して、次々とあふれ出てくる。走るべきだ。今はなにも考えず走るべきだ。

行けよ、漣。

言葉はどこか遠くから聞こえた気がした。自分の声だった。口に出ていた。遠くの世界と繋がっているような響きがした。もうなんの躊躇もなかった。背中がさらに押されているような気がした。そして漣はもう一度、口に出した。

行けよ、漣。

園田葵　平成三十一年　美瑛〜函館

これからどこへ行こう。

最後に漣と会ったのは九年前だ。漣は漣の人生を生きて来たのだろう。なにがあったのかはわからない。子供は、可愛い女の子だった。私も私の人生を生きて来た。葵は自分を鼓舞する。帰って来る場所がたったひとつだけあった。それだけで充分だ。

その時、フェリーが頭に思い浮かんだ。

引き離されて乗れなかった船。数年後、海から見た漣との最後の時。あの時も遠くにフェリーが見えた。スマホで調べてみると、函館までは列車で七時間ぐらいかかる。最終のフェリーには間に合わないかもしれない。でも、今日は平成最後の特別便が出航するらしい。新しい時代を祝うために、夜の十二時ちょうどに出航するのだ。チケットも入手可能だった。

「函館からフェリーに乗ってみたいんです」

節子に告げて、美瑛から旭川に列車で行き、札幌行きの急行に乗り込んだ。札幌でスーパー北斗に乗り換える。ぎりぎり出航までには間に合いそうだった。

一人で函館からフェリーに乗る。

平成最後の日の自分にふさわしいではないか。


「ああ、あの時の子だったのかい」

節子の記憶が繋がった。この家に女の人が来ませんでしたか。昔、ここで弁当を作った人です。漣が、息せき切って駆け付け、尋ねたあとだった。

「そうかい。あんたは、あの時の弁当の子か」

正解だった。今はそんなことはどうでもよかった。

帰ったよ。フェリーに乗ってみたいって言ってたね。

節子が言い終わらないうちに、漣は外に出ていた。

節子はフェリーとしか言っていなかった。でも聞いた瞬間、函館からのフェリーだとわかった。それ以外に考えられなかった。この家を出たのは、もう一時間も前らしい。列車で追いつくことはできないだろう。漣は再び車に乗り込んだ。エンジンが唸った。車で行くしかない。今、会わなければ、もう二度と会えない気がした。

函館行きの車中、葵はスマホでメールを書いた。

宛先は冴島亮太だ。シンガポールに行くつもりだった。スーツケースを持って出かけた。でも、私は北海道に来ていた。言い訳を書き綴った。

東京、沖縄、シンガポール。世界中を飛び回って生きていくことはできなかったけれど、それでもいろんな場所で生きて来た。

節子の家に戻って来た。自分は帰るべき場所を待望していたのだ。それは様々な場所を巡ったからこそわかったことなのかもしれない。

北海道に戻りたい。葵は切実に思った。ひんやりとした懐かしい風に包まれて、あの場所で生きていきたい。抱きしめられた背中のぬくもりを感じて生きていきたい。

かなわないことはわかっていた。あまりに時が流れすぎた。これからも私は一人で生きていかなければいけない。いつだってそうしていたように。葵は流れゆく北海道の車窓の風景を眺めた。もうひとつわかったこともある。私はもう遠い異国の地には行かないだろう。葵はメールを全文消去した。そして一言、「ごめんね」と書いた。

衝動的に飛び出すことはできなかったよ、冴島くん。心の中でつぶやいた。

送信した。

漣はアクセルを踏み込んだ。

富良野の山の中を走り、滝川から高速道路に入った。

それはたまにほつれる。切れることもある。でも、またなにかに繋がる。生きていれば必ずなにかに繋がる。

そういうふうにできてるんだろ、世の中って。そうだろ？　漣は心の中で語り掛けた。

だからお願いします。今日だけは間に合ってください。平成最後の今日だけは。

漣はさらにアクセルを踏み込んだ。

いろんな場所で、いろんな人が、この時を待っていると思います。平成もあと十分になりました。みなさんと共に新しい時代を迎えましょう。

司会者がマイクで叫んでいた。

もうすぐ日が変わるというのに、大勢の人で賑わっていた。函館の港でも、平成最後のイベントが行われているのだ。カウントダウンを待ちわびている若い人たちが詰めかけていた。

葵は、人ごみの中を抜け、停泊しているフェリーに向かった。新しい時代の始まりと共に出航するフェリーだ。どうか、これからの自分の旅立ちにふさわしい出航でありますように。

葵は願った。フェリーに乗り込んだ。

二度と後ろを振り返らなかった。葵は次の人生に想いを馳せた。

「園田！」

それは、どこか遠い場所から聞こえたような気がした。

葵はタラップを駆け下りた。人波の中を走った。声がしたほうへ。あの声がしたほうへ。

衝動というのはこういうものか。身体が勝手に動いていた。吹き抜ける四月の風が心地よかった。

だが、そこには、カウントダウンを待つ若者たちがひしめいているだけだった。

葵は苦笑した。

心のおもむくままに駆け出したのは久しぶりだった。自分にはこんな力がまだ残っていたらしい。私はそれを望んでいたのだ。なにもかも投げ捨てて走っていく場所を。時の流れに置いてきたあの場所を。

葵は息をついた。再びタラップを登っていった。


その背中を漣はたしかに見た。

「葵ちゃん！」

名前を叫んだ。車を港脇の駐車場に停車して走って来た。長い時間運転し続けていたので、足がもつれている。しかも人が大勢いる。なかなか辿り着けない。カウントダウンも始まった。だからいっそう強く叫んだ。

大切なものを引き寄せるために、心の底から叫んだ。

「葵!!」

漣だった。

たしかに漣だった。人波の中をもまれながら走って来る。幻聴でも幻覚でもない。

漣がいる。

カウントダウンが最高潮に達している。でもその声は確実に葵の耳に届いた。

出航の汽笛が鳴った。瞬間、葵はスーツケースを投げた。

そして、飛んだ。

夜空を、どこまでも飛んだ。本当はちょっとジャンプしただけかもしれない。どうでもいい。身体が勝手に躍動していた。

その時、平成が終わった。

うなるような地響きがした。人々が一斉に歓喜の声をあげたのだ。ジャンプしている者もいた。漣の姿が見えなくなった。漣も葵を見失ったようだ。フェリーにまだ乗っていると思い込んでいるようだ。出航したフェリーを追いかけている。栈橋を少年のように猛進していく。葵は追った。スーツケースなど放置したままだった。漣は栈橋の先まで突っ走っていく。葵はさらに追った。ここに辿り着くために遠い世界を回ってきたのだ。ここに辿り着くためには、まずは反対方向に歩み出さなければならなかったのだ。その先には漣がいたのだ。確信を得たように葵は突き進んだ。

なぜめぐり逢うのかを私たちはなにも知らない。

今、私は再びめぐり逢うために世界を駆け抜ける。

ひんやりとした風が身体を突き抜けた。なんの躊躇もなかった。背中が近づいた。フェリーは栈橋を離れた。汽笛が再び鳴った瞬間、立ち尽くす漣の手を摑んだ。

離さない。握ったこの手はもう絶対離さない。

うしろから手を握られた瞬間、それが誰だか漣は瞬時にわかった。

その手は冷たくなかった。ほんのりと温かかった。

時の流れを超えて、多くのものに背中を押され、引き離されたものが再び繫がったのだ。

逢うべき糸に。

振り向くと、果たして、園田葵が立っていた。

たしかにそこに存在していた。漣は葵を見つめた。

大きな音がこだました。美瑛の花火大会では見ることができなかった花火が、夜空を彩っていた。栈橋の先にいるのは漣と葵だけだった。遠いイベント会場では大勢の人々が平成という時代に別れを告げている。そこから遠く離れた片隅に漣と葵はいた。

走って来た葵は、息が切れていた。

葵は、そんな自分を見て、漣がなにを言うのか、口にする前からわかった気がした。

漣が葵にかけた言葉は、再び炸裂した花火の音で、葵にしか聞こえなかった。

葵は漣に抱き着いた。漣は葵を抱きしめた。

もうすでに新しい時代は始まっていた。